逆《ぎゃく》転《てん》！ドッジボール

三輪裕子・作　石山さやか・絵

もくじ

1 クラスがえ

四年生に進級《しんきゅう》した日、陽太《ようた》は校庭《こうてい》にはりだされたクラス分けの表《ひょう》を見て、思わずのけぞりそうになった。

よりによって、自分とおなじ四年一組の名簿《めいぼ》の中に、鉄平《てっぺい》と健人《けんと》の名前を見つけたからだ。

わすれもしない。保育園時代《ほいくえんじだい》に陽太《ようた》の宿敵《しゅくてき》だった二人だ。

だけど、ほんとうにうかつだった。陽太《ようた》の学年は、たったの二クラスしかない。それも男子は、一クラス十三人。それっぽっちの人数で、クラスがえをすれば、鉄平《てっぺい》や健人《けんと》とおなじクラスになるのは、目に見えていた。むしろ、おなじクラスにならないほうがふしぎなくらいだ。

それなのに、陽太《ようた》は四年生に進級《しんきゅう》するにあたって、高学年の仲間《なかま》入りができる、新しい友だちもできる、と楽しいことしか考えていなかった。

あまりのギャップの大きさに、ガックリきてしまった。

せめて、二人のうち一人、よっぽど運《うん》が悪《わる》ければ、二人ともおなじクラスになるかもしれないと、心の準備《じゅんび》でもしていれば、ここまでへこむことはなかっただろう。

さらにまずいことに、二クラスしかない陽太《ようた》の学年は、クラスがえは六年間にたったの一度《ど》、四年生に進級《しんきゅう》したときにあるだけだ。

今までは、一年のときから三年ものあいだ、鉄平《てっぺい》と健人《けんと》とは別《べつ》のクラスで、なんの心配《しんぱい》もなく、平和《へいわ》に、おだやかにすごしてきた。

ところが、これから先、小学校に通うあいだ、もうクラスがえはない。六年で卒業《そつぎょう》するまでの長い年月を、二人といっしょのクラスですごさなくてはならないのだ。

陽太《ようた》の頭の中に、保育園時代《ほいくえんじだい》のできごとが、一気によみがえった。

陽太《ようた》と鉄平《てっぺい》と健人《けんと》は、〇歳《さい》のときから、おなじ保育園《ほいくえん》に通っていた。

あかんぼうのうちは問題《もんだい》なかったが、三歳《さい》になるころから、鉄平《てっぺい》と健人《けんと》は本性《ほんしょう》をあらわすようになった。二人はいつもつるんで、やりたい放題《ほうだい》しはじめたのだ。

だれかが楽しそうに遊《あそ》んでいるオモチャは、

「ちょっと貸《か》せ」

というなり、相手《あいて》からとりあげる。

つり橋《ばし》やすべり台なんかがいっしょになったアスレチックでは、みんながならんでいても、勝手《かって》に横《よこ》入りする。

鉄棒《てつぼう》がぜんぶふさがっていれば、

「オレにやらせろ」

といって、やっている人を引きずりおろす。

ボールやなわとびで、みんなで遊《あそ》んでも、あとかたづけはパスして、どこかにすがたをくらます。

二人にさからったり、したがわないと、ぶたれたりつきとばされたりするので、みんなこわがって文句《もんく》もいえなかった。

鉄平《てっぺい》は、まるでとのさまだった。それも、なんでも自分の思い通りにならないと気がすまない「悪《わる》いとのさま」だ。いつも、自分が一番えらいという顔をしていた。

そして、健人《けんと》といえば、一のけらい。とそのころ陽太《ようた》は考えていたけど、ほんとうは家老《かろう》だ。とのさまのつぎにえらい人。じゃなくて、いばっている人だ。最近《さいきん》テレビの時代劇《じだいげき》を見て、知った言葉《ことば》だ。

それ以外《いがい》の残《のこ》りの男子は、みなけらいだった。とのさまのいうことには、なんだってだまってしたがう。

ただ一人けらいじゃなかったのが陽太《ようた》、だったかもしれない。

保育園《ほいくえん》のころ、陽太《ようた》と鉄平《てっぺい》は、ことあるごとに戦《たたか》いをくりかえしていた。

陽太《ようた》は背《せ》は小さいが、運動《うんどう》は得意《とくい》だった。かけっこだってはやいし、平均台《へいきんだい》の上を歩くのも、マット運動《うんどう》も、ボール投《な》げも、なんでもクラスで一番か、二番だった。そのトップを陽太《ようた》とあらそっていたのが鉄平《てっぺい》だ。

陽太《ようた》は自分が一番じゃなければ、つぎは一番になるようにがんばろうと思う。

もしラッキーなことに一番になったら、

「ヤッター」

と思いっきりよろこぶ。

ところが、鉄平《てっぺい》はそうじゃなかった。陽太《ようた》がかけっこで一番になると、わざと陽太《ようた》に聞こえるように、

「つぎは、チビなんかに負《ま》けないぜ」

とイヤミなことをいった。

でも、陽太《ようた》はそんなことはまったく気にしなかった。背《せ》が低《ひく》いのはほんとうだし、チビなのに、勝《か》ったのは陽太《ようた》のほうなのだ。

けれど、ズルするのは、だまって見すごせなかった。とくにわりこもうとするのが、自分のすぐ前だったりすると。

ある日陽太《ようた》は、保育園《ほいくえん》の庭《にわ》にあるアスレチックのなわばしごをのぼろうとして、ならんでいた。つぎが自分の番というときに、とつぜん鉄平《てっぺい》と健人《けんと》がやってきて、当たり前のように、陽太《ようた》の前に入ると、なわに手をかけた。

「ズルいよ。ぼくが先にならんでたんだからね」

けれど、鉄平《てっぺい》は陽太《ようた》がいうことなどまったく無視《むし》して、なわをのぼろうとした。

陽太《ようた》は頭にきて、鉄平《てっぺい》の上着《うわぎ》を引っぱった。

「なにすんだよ」

鉄平《てっぺい》は、なわから手をはなすと、陽太《ようた》のほうをむき、両手《りょうて》で肩《かた》を思いきりおした。そのせいで、陽太《ようた》は後ろむきにころんでしまった。

陽太《ようた》はすばやく立ちあがったが、そのときには、もう鉄平《てっぺい》はなわばしごをのぼっていて、二段目《だんめ》に足をかけていた。

陽太《ようた》はもうれつに腹《はら》が立ったので、

「ズルすんなよ」

というと、ふたたび鉄平《てっぺい》の上着《うわぎ》を強く引っぱった。

鉄平《てっぺい》はなわばしごから落《お》ちて、地面《じめん》にころがった。

「おまえのせいで、落《お》ちたじゃないか」

そういう鉄平《てっぺい》の目には、なみだがたまっていた。ころんだときにどこか打《う》ったのか、右手のひらで左手のひじをおさえている。

それを見て、今度《こんど》は健人《けんと》が、

「テッちゃんをこんな目にあわせて、ゆるさないからな」

というなり、陽太《ようた》のことを思いきりつきとばした。

ころんだひょうしに、右ひじと右足の横《よこ》が地面《じめん》でこすれて、痛《いた》かった。けれど、陽太《ようた》はすぐに起《お》きあがると、今度《こんど》は健人《けんと》に肩《かた》からぶつかっていった。

健人《けんと》はよろめいたあと、両手《りょうて》で陽太《ようた》の肩《かた》をつかんだ。

またやられるか、と陽太《ようた》が思ったとき、

「あなたたち、なにやってるの？」

という、佳子《よしこ》先生の声が聞こえた。

「陽太《ようた》がテッちゃんに、ひどいことをしたんだよ」

健人《けんと》がうったえるように、いった。

「だって、テッちゃんとケンちゃんがズルいんだもん。なわばしごにぼくがならんでたのに、横《よこ》入りしたんだ」

陽太《ようた》も、負《ま》けずにいう。

「そうなの？　鉄平《てっぺい》くんと健人《けんと》くん、ならばないで、なわばしごにのぼろうとしたの？」

佳子《よしこ》先生に聞かれ、二人はバツが悪《わる》そうに顔を見合わせた。

「それは、鉄平《てっぺい》くんと健人《けんと》くんが悪《わる》かったわね。でも、陽太《ようた》くんもそういうときには、力で止めないで、口でいって止めるのよ」

はじめは口でいったんだけどな。と思ったけど、陽太《ようた》は、「はい」とうなずいた。

佳子《よしこ》先生が、鉄平《てっぺい》と健人《けんと》が悪《わる》いとわかってくれただけで十分に満足《まんぞく》だったからだ。

しかし、この話はそれでおわらなかった。陽太《ようた》が今でも腹立《はらだ》たしく、ゆるせないと思っているのは、そのあとのできごとだ。

たとえば、お絵かきの時間。ゆかに大きな紙をひろげて、グループで絵をかいていたとき、鉄平《てっぺい》は太い筆《ふで》に絵《え》の具《ぐ》をたっぷりとつけて、陽太《ようた》の上っぱりにつけた。あきらかに、わざとだ。

それなのに、つけたとたん、

「あっ、ゴメン。陽《よう》ちゃんの服《ふく》に、絵《え》の具《ぐ》つけちゃった」

とあやまったのだ。佳子《よしこ》先生は、

「よく気をつけてかいてね」

といっただけだった。

おべんとうの時間。健人《けんと》は用がある そぶりで立ちあがり、陽太《ようた》の横《よこ》を通り ながら、ころびそうになった。

そこで、「おっとっと」といいなが ら、ころばないように、陽太《ようた》のテーブ ルにつかまった。つぎの瞬間《しゅんかん》、陽太《ようた》の コップはたおれてお茶がこぼれ、服《ふく》が びしょぬれになった。

そのときにも、健人《けんと》は、

「ゴメン、ゴメン」

とあやまって、自分のハンカチでふ いてくれた。でも、絶対《ぜったい》にわざとこぼ したに決《き》まっている。

おおぜいでなにかしているときに、どさくさにまぎれておされたり、ひじが頭に当たったり、くつをふまれるなんてことは、しょっちゅうだった。

そんなことがあった鉄平《てっぺい》と健人《けんと》と、おなじクラスになってしまった。

四年生の始業式《しぎょうしき》の日、陽太《ようた》が真《ま》っ先《さき》に考えたのは、どうやってこの三年間をのりきろうか、ということだった。

そして、出した結論《けつろん》は、なるべく二人には近よらないようにしよう、だった。

しかし、そのわずか一日後には、鉄平《てっぺい》のほうから近よってきた。学校からの帰り道、鉄平《てっぺい》が走って追《お》いついてきたのだ。もちろん健人《けんと》もいっしょに。

一瞬《いっしゅん》、ヤバいと思った陽太《ようた》だったが、鉄平《てっぺい》は予想《よそう》に反《はん》して、

「また陽太《ようた》とおなじクラスになれたな」

と、とても友好的《ゆうこうてき》な感《かん》じで話しかけてきた。

もしかして、三年のあいだに、こいつはいいとのさまに生まれかわったのか?

でも、ゆだんはできない。陽太《ようた》は、

「ああ、よろしくたのむな」

と、短《みじか》くこたえておいた。

鉄平《てっぺい》は、

「またいっしょに遊《あそ》ぼうな」

というと、健人《けんと》といっしょに走っていってしまった。最後《さいご》まで感《かん》じは悪《わる》くなかった。

陽太《ようた》は二人のすがたを追《お》いながら、いっしょに遊《あそ》んでもいいかなと思った。が、すぐにその考えを打《う》ち消《け》した。保育園時代《ほいくえんじだい》、ずっと悪《わる》いとのさまとして、みんなの上に君臨《くんりん》していたのだ。そうかんたんに人がかわるわけがない。

やっぱり、近よるのはやめとこう。

2 ほんとうにいいとのさまか？

新学期《しんがっき》がはじまって少しすると、男子がたったの十三人しかいないクラスでは、鉄平《てっぺい》に近よらないでいるなんて、とても無理《むり》なのがわかった。ドッジボールでもサッカーでも野球《やきゅう》でも、集団《しゅうだん》でやる遊《あそ》びは、人数がおおぜいいたほうがおもしろいからだ。さらに互角《ごかく》に戦《たたか》える相手《あいて》がいれば、メチャクチャ燃《も》えるので、もっとおもしろい。

四年一組で、運動《うんどう》がダントツ得意《とくい》なのは、陽太《ようた》と鉄平《てっぺい》だ。徒競走《ときょうそう》でも、マットやとび箱《ばこ》なんかでも、いつも二人でトップをあらそっていた。

そして、二時間目と三時間目のあいだの休み時間（中休み）には、二人はドッジボールで競《きそ》い合った。

四年生になったとたんから、男子のあいだでブームになったのは、ドッジボールだ。

学校でなにが楽しいかといって、外でみんなと遊《あそ》ぶほど楽しい時間はない。家では、せいぜい二、三人で遊《あそ》ぶだけだけど、学校ではクラスの大半の男子がいっしょになって遊《あそ》ぶ。

いくら鉄平《てっぺい》たちには近よらないほうがいいと思ったって、ドッジボールにくわわらないなんて、できっこない。

はじめのころは、女子もいっしょにドッジボールをしていた。が、鉄平《てっぺい》がだれかれなく、あまりに強烈《きょうれつ》なボールを投《な》げるので、女子はしだいにくわわらなくなってしまった。

ドッジボールのルールややりかたは、みんなで少しずつ決《き》めたり、かえたりしていった。

まずチームの分けかた。最初《さいしょ》は、コートをかいたあと、てきとうに、二つの陣地《じんち》に分かれて入った。どちらか一人多いときはそのままはじめるし、二人多いと、ちょうどおなじ人数になるように、一人が相手《あいて》チームにうつる。

鉄平《てっぺい》と健人《けんと》は、かならずおなじチームになった。そして、陽太《ようた》は二人の対戦《たいせん》チームのほうだ。

最初《さいしょ》にチーム分けしたとき、陽太《ようた》は、「おまえはむこうにいけ」と、鉄平《てっぺい》にいわれた。

いわれなくたって、そうするつもりだったので、おとなしくしたがった。だけど、人に命令《めいれい》するところなんか、あいかわらずとのさまだな、と思った。

クラスでドッジボールが一番強い二人は、別々《べつべつ》のチームのキャプテンになって、戦《たたか》ったほうがいい。どっちかのチームが弱すぎたら、いくら勝《か》ったって、おもしろくない。

強力なボールを投《な》げる。強力なボールをとる。そのどちらも、四年一組の男子の中には、陽太《ようた》と鉄平《てっぺい》の上をいくものはいなかった。

そして、チーム分けについて、「トリトリで決《き》めようよ」といったのは、良樹《よしき》だ。

キャプテンの鉄平《てっぺい》と陽太《ようた》の二人がジャンケンをして、自分のチームのメンバーをえらぼうというのだ。

「だけど、それじゃあ、時間がかかりすぎて、ドッジボールする時間がなくなっちゃうよ」

春生《はるお》の意見《いけん》ももっともだった。中休みは、たったの二十分しかない。

結局《けっきょく》、鉄平《てっぺい》と陽太《ようた》がキャプテンとして、別々《べつべつ》の陣地《じんち》に入り、あとのメンバーがどちらかのキャプテンをえらんで、その陣地《じんち》に入るという方法《ほうほう》に落《お》ち着《つ》いた。トリトリと逆《ぎゃく》のやりかただったが、これだと、たったの

十秒《びょう》くらいで、試合《しあい》をはじめることができた。

陽太《ようた》は、ドッジボールにメチャクチャ燃《も》えていた。毎日、なにしに学校にいっているのか、わからないくらいだった。

図工のあとかたづけや体育《たいいく》の用意《ようい》などで、中休みに遊《あそ》べないと、心底《しんそこ》ガッカリした。

そして、鉄平《てっぺい》と健人《けんと》に近よらないようにしようと思ったことなどまったくわすれているうちに、四月、五月とすぎていった。


六月に入ると、それまでいいとのさまぶっていた鉄平《てっぺい》が、しだいに本性《ほんしょう》をあらわしはじめた。

いつも二時間目の授業《じゅぎょう》がおわって、休み時間になると、四年一組の大半の男子は、先をあらそって教室をとびだしてゆく。

休み時間にドッジボールができるかどうかは、コートどりにかかっている。

先に校庭《こうてい》に出て、自分たちがこの場所《ばしょ》をとったと主張《しゅちょう》しても、五年や六年がきて、「どけ」といわれたら、それでおしまいだ。

一刻《いっこく》も早く、コートをかかないとならない。コートさえかいてしまえば、いくら上の学年でも、「どけ」とはいえなくなる。

それには、みんなの協力《きょうりょく》が必要《ひつよう》だった。一人で四角のコートをかいていたのでは、時間がかかりすぎる。一辺《ぺん》をかいているあいだに、両側《りょうがわ》ともとられて、コートがかけなくなったこともあった。

そこで、みんなはすばやくコートをかく方法《ほうほう》を考えだした。

校庭《こうてい》に出ると、まずコートの大きさを決《き》めるため、コーナーになるところに四人が立つ。

それでよし、となったら、四人がいっせいに、となりのコーナーにむかって、線《せん》をかいていくのだ。

そうすると、それぞれ四人が、一辺《ぺん》をかくあいだに、コートはできあがっている。

ボールを持《も》っていくのは、たいてい真《ま》っ先《さき》に外に出ていく人と決《き》まっていた。陽太《ようた》のこともあるし、鉄平《てっぺい》、健人《けんと》、そのほかの人のこともあった。

そして、休み時間がおわったときに、ボールを教室にかたづける人も、とくに相談《そうだん》したわけではないが、決《き》まっていた。最後《さいご》にボールを持《も》っていた人だ。

キーンコーン、カーンコーン
と休み時間終了《しゅうりょう》を知らせるチャイムが鳴る。

その瞬間《しゅんかん》、それまでどんなに楽しく遊《あそ》んでいても、教室にもどらなくてはならない。

陽太《ようた》は、少し前から気づいていたが、鉄平《てっぺい》と健人《けんと》は、絶対《ぜったい》にボールを持《も》って教室にもどることがなかった。つまり、かたづけはしない。保育園《ほいくえん》のころとまったくおなじだ。

なぜそうなるかというと、チャイムが鳴りだした瞬間《しゅんかん》、鉄平《てっぺい》たちがボールを持《も》っていれば、陽太《ようた》にでもだれにでも、ちょっと力をかげんして投《な》げつける。

陽太《ようた》の場合だと、たいていはボールをキャッチする。そして、チャイムが鳴っているので、もうやめようとボールを上に持《も》ちあげて、その日のゲームは終了《しゅうりょう》だと合図をする。

陽太《ようた》のチームがボールを持《も》っているときに、チャイムが鳴ることもある。すでに身《み》がまえているときには、最後《さいご》にボールを投《な》げる。

鉄平《てっぺい》に投《な》げれば、ふだんなら、かならずといっていいくらいキャッチするのに、チャイムが鳴りだしたときだけは、よけるのだ。結局《けっきょく》、陽太《ようた》のチームの内野や外野のだれかがそれをうけて、ゲームはおしまいになる。

でも、鉄平《てっぺい》と健人《けんと》が、みんなで遊《あそ》んだボールをかたづけないのくらい、どうってことはない。陽太《ようた》でも、ほかのだれでも、教室までボールを持《も》っていって、ロッカーの上のダンボール箱《ばこ》に入れればいいだけの話だ。

それより、そんなことに文句《もんく》をつけて、楽しくドッジボールができなくなるのは、絶対《ぜったい》にいやだった。

3

なにもかわってない

四年一組で問題《もんだい》が起《お》きたのは、六月のなかばころのことだった。

梅雨《つゆ》に入ると、毎日雨がふりつづいて、外で遊《あそ》べない日が多くなった。

休み時間が雨でつぶれるのは、ほんとうにガックリくる。一日の楽しみが、雨に消《け》されてしまったような感《かん》じだ。

しかたがないので、陽太《ようた》はこんなときじゃなければ手にすることがない、教室の本だなにならんでいる本を持《も》ってきて読んでいた。

ふと気がつくと、教室の後ろのほうが、やけにさわがしい。

なんだろうと思ってふりかえって見たら、鉄平《てっぺい》や健人《けんと》など、四人の男子が、体育着《たいいくぎ》のふくろを投《な》げ合って遊《あそ》んでいた。

教室でドッジボールのまねごとでもしているのかな、と最初陽太《さいしょようた》は思った。

ところが、ちがった。安則《やすのり》が、

「ぼくの体育着《たいいくぎ》ぶくろで遊《あそ》ぶなよ」

といって、とりかえそうとしている。

それに対《たい》して、男子が二人ずつ分かれて、とられないように、わざと高く投《な》げ合っている。

いやがってるんだから、やめればいいのに。

と陽太《ようた》が思ったときだった。

教室中から、

「あーあー」

という声があがった。

投《な》げ合っていた男子が、いっせいに窓《まど》にむかってかけよっていく。

「あー、落《お》ちちゃったじゃないか。どうしてくれるんだよ」

安則《やすのり》が文句《もんく》をいったところで、チャイムが鳴りだした。

「ああ、悪《わる》い、悪《わる》い」

「良樹《よしき》がちゃんととらないから、落《お》ちたんだろう」

鉄平《てっぺい》と健人《けんと》はそういって、そのまま自分の席《せき》にもどっていった。

「ゴメン。ヤッちゃん」

とあやまった良樹《よしき》のほうを、安則《やすのり》は一瞬《いっしゅん》キッとにらむと、教室をとびだしていった。

「ぼくもいっしょにいく」

良樹《よしき》がそのあとを追《お》った。

二人がもどってきたときには、すでに担任《たんにん》の今西《いまにし》先生は教室にきていた。

「どうしたの、二人とも。もうとっくに席《せき》についてなきゃいけない時間でしょう」

「いやだっていうのに、ぼくの体育着《たいいくぎ》ぶくろ、投《な》げて遊《あそ》んで、窓《まど》から外に落《お》としちゃったんです」

そういっているうちに、安則《やすのり》は泣《な》きだしてしまった。手には、どろでよごれた体育着《たいいくぎ》ぶくろを持《も》っている。

「ぼくがとれなかったから、いけないんです。おくれて、ごめんなさい。先生」

良樹《よしき》が頭をさげた。

「二人とも席《せき》につきなさい。きょうの外体育《たいいく》は雨で中止だから、吉川《よしかわ》くん、体《たい》育着《いくぎ》ぶくろ家に持《も》って帰って、あらってもらいなさいね」

今西《いまにし》先生はそういったあと、

「ほかには、だれが吉川《よしかわ》くんの体育着《たいいくぎ》ぶくろ投《な》げ合って遊《あそ》んだの？」

と、教室中を見まわして聞いた。

「はい」

正也《まさや》は手をあげると、

「吉川《よしかわ》くん、ごめんなさい」

と、あやまった。

「ほかには？」

「はーい」「はい」

鉄平《てっぺい》と健人《けんと》が、しかたなさそうに手をあげた。

「いやがっている人のもので、自分たちが楽しんでちゃいけないでしょう。雨の日でも、人がいやがらない遊《あそ》びをしなきゃね」

「はぁーい」

「わかりましたー」

鉄平《てっぺい》も健人《けんと》も、間のびしたこたえかたで、ちっともわかったようすではなかった。

安則《やすのり》は、体育着《たいいくぎ》ぶくろのことで頭にきたのか、二日ほどドッジボールにくわわらなかった。けれど、そのうちまたいっしょにやりだした。鉄平《てっぺい》と健人《けんと》のやりかたに腹《はら》が立ったとしても、みんなでやるドッジボールは楽しくてやめられなかったんだろう。

安則《やすのり》はふたたびドッジボールにくわわるとき、

「ぼくも入れて」

と、やってきた。

みんなで遊《あそ》んでいるだけなんだから、勝手《かって》にどっちかの陣地《じんち》に入ればいいんだぜ。と陽太《ようた》はいおうとした。が、それより早く、鉄平《てっぺい》はいった。

「ああ、入れてやる。好《す》きなほうに入れよ」

やっぱり、鉄平《てっぺい》はとのさまだ。それもいいとのさまなんかじゃない。保育園《ほいくえん》のときから、なにもかわっていなかった。陽太《ようた》はいつか、もっとなにかいやなことが起《お》こりそうな予感《よかん》がした。

その日、安則《やすのり》は陽太《ようた》のチームに入った。

それから二週間ほど、なにごともなくすぎた。

けれども、七月に入ってすぐ、とうとう陽太《ようた》も、もうドッジボールはやめた、と決心《けっしん》する日がやってきた。

そのころになると、梅雨前線《ばいうぜんせん》も活発《かっぱつ》になって、大雨がふる日が多くなった。雨の日は、とうぜん外で遊《あそ》ぶことなんてできない。

ごくたまに、梅雨《つゆ》の合間に、ピーカンに晴れる日もあった。が、それまでの雨で、校庭《こうてい》はぬかるんでいたり、水たまりがいくつもできていて、コンディションは悪《わる》い。

そういう場合、洋服《ようふく》をよごしたくないので、教室の中で遊《あそ》ぶこともあったが、多少よごれるのをかくごで、外に出ていくこともあった。教室の中にとじこめられている日が何日もつづくと、外で遊《あそ》びたくてうずうずしてしまうのだ。

このときも、雨があがったので、休み時間になったとたん、陽太《ようた》はまよわずボールを持《も》って外にとびだした。ほかの男子も、ゾロゾロとそれにつづいた。

なるべく水たまりをよけるようにしてコートをかくと、二組に分かれてドッジボールをはじめた。

その日は、当たる人が続出《ぞくしゅつ》した。ボールが校庭《こうてい》のぬれた地面《じめん》に落《お》ちて、すぐにドロドロになってしまったからだ。

いつものように両《りょう》うで全体《ぜんたい》をつかって、かかえてボールをうけると、洋服《ようふく》の前がよごれてしまう。みんなはよごれないように、手のひらだけでうけるようにした。けれど、そうすると、強いボールだとはじかれて、つかみそこねてしまうのだ。陽太《ようた》は、強いボールはよけ、弱いボールだけ手のひらでとるようにした。

じきに、両《りょう》チームとも、内野には一人ずつ残《のこ》るだけとなった。鉄平《てっぺい》と陽太《ようた》だ。

ボールは、鉄平《てっぺい》のチームにわたっていた。内野にいる鉄平《てっぺい》のボールは強いのがわかっているので、よけるしかない。陽太《ようた》は外野から投《な》げられたボールが強いとかわしながら、とれそうなのがくるのを待《ま》った。

そのうち、外野にいる高史《たかふみ》が投《な》げようとしたボールがどろですべり、うまく力を入れられなかった。ボールは遠くまでとばず、陽太《ようた》のほうのコートに落《お》ちた。

チャンスだった。陽太《ようた》はボールを持《も》つと、鉄平《てっぺい》にむかって投《な》げた。ボールを鉄平《てっぺい》の真正面《ましょうめん》に投《な》げれば、よけられてしまうので、足、それもくつをねらって投《な》げた。

ボールは見ごと鉄平《てっぺい》のくつに当たって、ゲーム終了《しゅうりょう》。陽太《ようた》のチームが勝《か》った。

みんながよろこんで、大さわぎしたとたん、

キーンコーン……

とチャイムが鳴りだした。

陽太《ようた》がボールをかたづけようとしたら、すでに鉄平《てっぺい》がボールを手に持《も》っていた。

めずらしいこともあるな、と陽太《ようた》は思った。こんなにボールがよごれているときにかたづけるなんて、鉄平《てっぺい》らしくもない。

けれど、あとで考えると、そのときから鉄平《てっぺい》はしかえしするつもりだったの

だ。

陽太《ようた》が、おなじチームだった安則《やすのり》たちといっしょに昇降口《しょうこうぐち》に入ろうとしていると、背中《せなか》になにかが当たった。

おどろいて後ろをふりかえったら、鉄平《てっぺい》が立っていた。

「陽太《ようた》が最後《さいご》にボールにさわったんだから、かたづけとけよ」

「あー、陽太《ようた》の背中《せなか》、どろだらけだよ」

良樹《よしき》がいった。

それを聞いて、鉄平《てっぺい》がどろでよごれたボールを、自分の背中《せなか》に投《な》げつけたのがわかった。

陽太《ようた》はもうれつに腹《はら》が立った。

「どろだらけのボール、後ろから投《な》げてぶつけるなんて、ひきょうだろ」

しかし、そんな文句《もんく》が通用する相手《あいて》ではない。

「知らねえよ。かたづけないおまえが悪《わる》いんだろ」

「そうだよ」

鉄平《てっぺい》と健人《けんと》はそういうと、いってしまった。

陽太《ようた》はよごれたボールを持《も》って教室にもどりながら、怒《いか》りで頭の中が爆発《ばくはつ》しそうだった。

その日、陽太《ようた》は決心《けっしん》した。もう二度《ど》と、鉄平《てっぺい》と健人《けんと》といっしょにドッジボールはやらない。

気がかわる前に、早くそれを宣言《せんげん》したかったけれど、その機会《きかい》はなかなかやってこなかった。いつまでたっても梅雨《つゆ》が明けず、毎日毎日雨がふりつづいた。休み時間は、教室の中にいるしかなかった。

やっと晴れたと思うと、一、二時間目か、三、四時間目のどちらかは、プールの授業《じゅぎょう》だった。プールのときは、着《き》がえに時間がかかるので、中休みはなくなった。

結局《けっきょく》、宣言《せんげん》をしないまま、一学期《がっき》はおわった。

4

けらいじゃない二人

長い夏休みがおわって、二学期《がっき》がはじまったとき、陽太《ようた》は一学期《がっき》に起《お》こったいやなできごとなんて、ほとんどわすれていた。

思いださせたのは、鉄平《てっぺい》のほうだ。

「おい、陽太《ようた》。二学期《がっき》もドッジボールやろうな。もう背中《せなか》によごれたボール当てたりなんかしないからさ」

それを聞いたとたん、陽太《ようた》の心に一学期《がっき》のくやしさがよみがえった。

「もうドッジボールはやらない」

陽太《ようた》はキッパリといった。

鉄平《てっぺい》はムッとした顔をした。

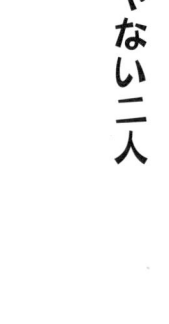

「なんだよ。せっかく入れてやるっていってるのに」

陽太《ようた》はそれを聞いて、ますます頭にきた。が、なるべく表《おもて》に出さないようにして、いった。

「今までだって、テッちゃんに入れてもらってたわけじゃないよ。ぼくがやりたいから、やってただけだよ」

鉄平《てっぺい》は陽太《ようた》のほうを見て、フンという顔をすると、それ以上《いじょう》なにもいわずに立ちさった。

二学期最初《がっきさいしょ》の中休みがやってきたとき、鉄平《てっぺい》は、

「おい、みんな。ドッジボールするぞ」

というと、先頭を切って教室をとびだしていった。男子はいっせいに、あとにつづいた。

教室の中は、ガラーンとしてしまった。残《のこ》ったのは二、三人の女子と陽太《ようた》だけ。と思ったら、ちがった。男子がもう一人残《のこ》っていた。山本武士《やまもとぶし》くんだ。

四年生になって、はじめて山本《やまもと》くんを見たときには、ビックリした。とにかく、バカデカい。背《せ》も高ければ、横《よこ》はばもある。しかも、名前は『武士《ぶし》』だ。もっとも見た目は『武士《ぶし》』というより、おすもうさん。『力士《りきし》』のほうがピッタリだったけど。どちらにしても、メチャクチャ力が強そうなヤツ、というのが陽太《ようた》の第一印象《だいいちいんしょう》だった。

その山本くんも、四年生になってはじめのころは、ドッジボールにくわわっていた。けれども、いつのまにかやらなくなってしまった。

やめた理由《りゆう》は、なんとなく陽太《ようた》にも思い当たった。ドッジボールが好《す》きじゃないんだ。山本くんは、行動《こうどう》があまりきびんじゃない。はっきりいって、トロい。

しかも、ボールがとれない。とれないので、逃《に》げに専念《せんねん》しようとするけど、動《うご》きもおそいし、図体《ずうたい》がデカいので、すぐに当たってしまうのだ。ボールがとれなければ、ただの大きな的《まと》になる。

ただ山本《やまもと》くんは、ボールに当たったあと外野に出て、いったんボールを手にすると、強力なのを投《な》げた。

それを見て、陽太《ようた》はおしいなあと思った。逃《に》げるのは急《きゅう》にすばやくはなれないけど、ボールをとるのは、教えてあげれば、もうちょっとうまくなれそうだった。ボールさえとれれば、ただの的《まと》から戦力《せんりょく》にかわれる。

けれど、陽太《ようた》がそう思っているうちに、山本《やまもと》くんはドッジボールにくわわらなくなってしまった。やっぱり、ただ当てられてばかりいたんで、おもしろくなくなったんだろう。


背《せ》が大きい山本《やまもと》くんは、一番後ろの席《せき》だった。陽太《ようた》は一番前の席《せき》なので、おなじクラスになってから、一度《ど》も話をしたことがない。でも、はじめて休み時間に外に出なかった日、陽太《ようた》はこう思った。

そうか。山本《やまもと》くんも鉄平《てっぺい》のけらいじゃなかったんだ。ドッジボールからぬけたせいで、鉄平《てっぺい》のいうままに行動《こうどう》しなくてもいいんだもんな。

なんでも鉄平《てっぺい》の思い通りにはさせないと、やりたくてたまらないドッジボールにくわわるのをやめた陽太《ようた》とは、ちょっと立場はちがう。でも、鉄平《てっぺい》のけらいじゃないってことでは、一致《いっち》している。このクラスには、あいつのけらいじゃないのが二人いる。

それに気づくと、陽太《ようた》は山本《やまもと》くんに少し親近感《しんきんかん》をもった。

だからといって、休み時間、教室で話したり、いっしょに遊《あそ》んだりすることはなかった。山本《やまもと》くんはいつも図鑑《ずかん》かなにか本をひろげていたし、陽太《ようた》は窓《まど》の横《よこ》の壁《かべ》にかくれるようにして、校庭《こうてい》を見てばかりいた。

ドッジボールにくわわらないのが何日かつづくと、安則《やすのり》や良樹《よしき》は、

「陽太《ようた》、ドッジボールやろうよ」

「陽《よう》ちゃんがいないと、つまんないよ」

と、声をかけてきた。

陽太《ようた》は、ああ、やりたい、と心の底《そこ》から思った。が、すんでのところで首をふった。また鉄平《てっぺい》たちからおなじような目にあわされるのは、目に見えている。

陽太《ようた》にとって、学校は前ほど楽しい場所《ばしょ》じゃなくなった。

そんなある日、山本《やまもと》くんと話すチャンスがやってきた。

陽太《ようた》が家に帰ろうとしていると、前のほうを、体がもくーっと大きな男子が、一人で歩いているのが目に入った。あのおすもうさんのような体型《たいけい》は、どう見ても山本《やまもと》くんだろう。

そいつが一人で歩いているからといって、陽太《ようた》はいそいで追《お》いかけて、話をしようと思ったわけではない。ただふつうに歩いていたら、追《お》いついてしまったのだ。

陽太《ようた》が追《お》いこしながら、ちらっと山本《やまもと》くんを見あげると、むこうも陽太《ようた》のことをちらっと見おろした。こんなに近くで山本《やまもと》くんを見るのは、はじめてだった。

あまりに体格《たいかく》がちがうので、陽太《ようた》はつい笑《わら》ってしまった。背《せ》の高さも、体の大きさも、なにもかもがデカくて、陽太《ようた》より一回りどころか二回りくらい大きい。

笑《わら》ったついでに、陽太《ようた》は、

「やあ。山本《やまもと》くんち、こっちのほうなんだ」

と話しかけた。

「うん。中西《なかにし》くんの家はどこなの？」

「この先、左にある七階建《かいだ》てのマンション。ぼくのこと、みんな陽太《ようた》ってよぶから、そうよんでいいよ」

「ぼく、あまりよびすてにするの、なれてないんだ」

「じゃあ、好《す》きによべばいいよ。陽《よう》ちゃんでもいいし。山本《やまもと》くんのことは、なんてよんだらいいかな？」

「前の学校では、みんな武士《ぶし》ちゃんてよんでた。こっちの学校では、山本《やまもと》くんかな」

「うん。じゃあ、ぼくも武士《ぶし》ちゃんてよぶね。山本《やまもと》くんとか武士《ぶし》くんより、そのほうがよびやすいから。前の学校って、武士《ぶし》ちゃんはちがう小学校に通ってたの？」

「うん。三年の二学期《がっき》に、愛知県《あいちけん》から引っこしてきたんだ」

「そうか。でも、武士《ぶし》ってすごい名前だね。名前をはじめて聞いたとき、ちょっとビビったよ」

陽太《ようた》がいうと、武士《ぶし》ちゃんは得意《とくい》そうにニヤッと笑《わら》って、うなずいた。

陽太《ようた》はそのあと、自分のこともいっておくことにした。

「あのさ、ぼくの名前の陽太《ようた》って、太陽《たいよう》をさかさまにしたんだぜ」

「太陽《たいよう》か。それもすごい名前だね」

武士《ぶし》ちゃんがおどろいたので、陽太《ようた》もニヤッと笑《わら》った。

その日から、二人はおたがいを『武士《ぶし》ちゃん』『陽太《ようた》くん』とよび合うようになった。

5 友だちになる

武士《ぶし》ちゃんは、陽太《ようた》が住《す》んでいるマンションの少し先にある、自動車会社《じどうしゃがいしゃ》の社宅《しゃたく》に住《す》んでいた。

陽太《ようた》がはじめて武士《ぶし》ちゃんの家に遊《あそ》びにいったのは、学校の帰りに会った日から数日後のことだった。

その日、陽太《ようた》が家に帰ると、ドアにカギがかかっていた。

そういえば朝、母さんから、

「仕事《しごと》で出かけるので、カギを持《も》っていきなさい」

といわれていた。けれど、ついうっかりして持《も》って出るのをわすれてしまった。

母さんは、ふだんは家でレザークラフトの仕事《しごと》をしている。サイフやペンケース、バッグなどいろいろなものを作っている。

だいたいは家で作ることが多いのだけど、革《かわ》などの材料《ざいりょう》を買いにいったり、仕上《しあ》げた製品《せいひん》をお店にとどけにいくときなんかは、家を留守《るす》にする。いつ帰ってくるかは、その日によってちがうので、わからない。

しかたないので、陽太《ようた》はマンションの入り口にある公園で、待《ま》つことにした。

ベンチにランドセルをおくと、ヒモでつるされたタイヤにのって遊《あそ》びはじめた。

しばらくして、公園わきの道を、武士《ぶし》ちゃんが通りかかった。武士《ぶし》ちゃんは陽太《ようた》に気がつくと、公園の中に入ってきた。

「ぼくもいっしょに遊《あそ》んでもいい？」

「うん。もちろんいいよ」

ちょうど一人で遊《あそ》ぶのはつまらないなあ、と思っていたところだった。

「ランドセル、そこにおきなよ」

武士《ぶし》ちゃんは、自分のランドセルをベンチにおこうとして、気がついた。

「陽太《ようた》くん、まだ家に帰ってないんだね」

「うん。きょう母さん仕事《しごと》なのに、カギわすれちゃったから、家に入れないいんだ」

するると、武士《ぶし》ちゃんは、

「じゃあ、ぼくの家においでよ。ぼくの大事《だいじ》なもの見せてあげる。それに、ドーナッツのおやつがあるから、いっしょに食べよう」

とさそってくれた。

武士《ぶし》ちゃんの家は、お父さん、お母さん、中学生のお姉さんの四人家族《かぞく》だった。お母さんは病院《びょういん》ではたらいているので、夕方まで帰ってこないそうだ。

武士《ぶし》ちゃんは、カギをあけて、陽太《ようた》を家の中に入れてくれた。

「いつも、昼間は武士《ぶし》ちゃん一人なんだ」

と陽太《ようた》がいうと、武士《ぶし》ちゃんは、

「一人じゃないよ」

と首をふった。

「今会わせてあげるからね」

陽太《ようた》が、なんだろうと思っていると、武士《ぶし》ちゃんはどんどん家の奥《おく》に入っていく。ろうかを通って居間《いま》にいき、そこへランドセルをおろすと、ベランダの窓《まど》ガラスをあけた。

ベランダに出ると、武士《ぶし》ちゃんはすみのほうにおいてある四角いプラスチックのケースの前にいった。ふつうは洋服《ようふく》なんかを入れておくやつだ。けっこう大きいので、ベランダでずいぶん場所《ばしょ》をとっている。

武士《ぶし》ちゃんが上から中をのぞきこんだので、陽太《ようた》もいっしょに見た。

ケースの底《そこ》には小さな石がしきつめてあって、水が十センチほど入っていた。ケースの真ん中《まんなか》には、四角い植木《うえき》ばちのようなものが、さかさまにしておいてある。上の部分《ぶぶん》は水から出ていて、てっぺんでは、カメがダラーンとねそべっていた。いかにも気持《きも》ちよさそうに、こうらぼしをしている最中《さいちゅう》だった。

「これ、ぼくのカメ。カメゴンって名前なんだ」

武士《ぶし》ちゃんはそういうと、鼻《はな》の上にシワをよせて、うれしそうに笑《わら》った。

カメゴンは、見かけは公園の池や川など、どこにでもいるふつうのカメだ。一日中、ぷかぷかとうかんだり泳《およ》いだり、ときどきくいの上や石にのって、太陽《たいよう》の下でこうらぼしなんかをしている生きもの。

だけど、武士《ぶし》ちゃんにとって、カメゴンは『特別《とくべつ》なカメ』らしい。

「カメゴンはね。一番最初《さいしょ》にぼくを見たとたん、ぼくのこと好《す》きになったんだよ」

と、武士《ぶし》ちゃんはうれしそうに教えてくれた。

カメゴンをもらってきたのは、中学生のお姉さんだった。お姉さんの友だちが外国

に引っこすことになり、カメゴンはつれていけないので、お姉さんが引きとって、めんどうをみることにした。

ところが、カメゴンは家にくるなり、武士《ぶし》ちゃんばかりになついたのだという。武士《ぶし》ちゃんが歩けば、あとをついて歩き、テーブルにすわれば、足にまとわりついた。

それを見て、とうとうお姉さんはいった。

「カメゴン、あんたにあげる。かわいがってね」

それ以来《いらい》、武士《ぶし》ちゃんはカメゴンを、自分の家族《かぞく》だと思っているそうだ。武《ぶ》士《し》ちゃんが一人じゃないといったのは、家にはこのカメゴンがいるという意味《いみ》だったんだ。

その話を聞いて、陽太《ようた》は武士《ぶし》ちゃんのことを、ちょっとかわった、おもしろいヤツだなあと思った。

その日、陽太《ようた》はカメゴンを見せてもらい、武士《ぶし》ちゃんといっしょにドーナツを食べてから帰った。

武士《ぶし》ちゃんは帰りぎわ、

「陽太《ようた》くんは友だちだから、また遊《あそ》びにおいでね。今度《こんど》はカメゴンもいっしょに遊《あそ》ぼう」

といった。

陽太《ようた》はうなずきながら、鉄平《てっぺい》のけらいじゃないものどうし、これからはなかよくできたらいいなあと思った。


武士《ぶし》ちゃんの家にふたたび遊《あそ》びにいく日は、すぐにまたやってきた。

その日、武士《ぶし》ちゃんは陽太《ようた》にいった。

「ランドセルおいたら、すぐにぼくの家においでよ。陽太《ようた》くんがくるまで、カメゴンにごはん食べさせないで待《ま》ってるから」

そして、陽太《ようた》は学校から帰ると、大いそぎで武士《ぶし》ちゃんの家にかけつけた。

カメゴンは、武士《ぶし》ちゃんがベランダのケースの前にいくと、待《ま》ってましたとばかりに、ケースの壁《かべ》にむかって立ちあがって、武士《ぶし》ちゃんを見あげた。

でも、武士《ぶし》ちゃんはすぐにエサをやらない。すると、カメゴンは顔を動《うご》かして、なにかをうったえるようなしぐさをした。

それを見て、武士《ぶし》ちゃんは、

「よしよし、今エサをやるからな」

とやさしい口調《くちょう》でいうと、カメゴンにエサをやった。粒状《つぶじょう》になったカメ用のエサだ。二十粒《つぶ》くらい水の中に入れてやると、カメゴンはバクバクと食べはじめた。

ぜんぶ食べおわったあとは、カメゴンはもう立ちあがって、エサをさいそくしなかった。おなかがいっぱいになったらしい。

そんなふうに、学校から帰ると武士《ぶし》ちゃんは、カメゴンと遊《あそ》ぶ前に、まずエサをや

る。それがわかったので、陽太《ようた》も武士《ぶし》ちゃんと遊《あそ》ぶやくそくをしたときは、ランドセルだけ家におくと、すっとんでいった。

ときどき武士《ぶし》ちゃんは、カメゴンにごちそうをやった。前の日のおかずをこっそりとっておくのだ。

マグロやカツオなどのサシミ。カメゴンはこれらを見ると、体中でよろこぶ。

マグロはバクバクと食べる。カツオはもっと大好物《だいこうぶつ》らしく、口にくわえたまま、興奮《こうふん》したようすで、ケースの中をぐるぐるとかけまわる。しばらくしてから、ようやく立ち止まって、ガツガツと食べた。

量《りょう》が少ないときには、カメゴンはあっと

いうまに食べおえ、ケースの壁《かべ》にむかって立ちあがる。そして、武士《ぶし》ちゃんを見ながら、ぴょんぴょんととびはねる。もっとくれ、といっているようだ。

けれど、カメゴンはとびはねたいきおいで、後ろむきにひっくりかえってしまい、しばらくこうらを下にしたまま、手足をバタバタとさせていた。

陽太《ようた》は思わず笑《わら》ってしまったが、武士《ぶし》ちゃんは、

「ゴメンよ、カメゴン。今度《こんど》もっとたくさんとっておいてやるからな」

と、真剣《しんけん》にあやまるのだった。

それを見て陽太《ようた》は、ちょっとトロくて、愛嬌《あいきょう》のあるカメゴンは、どこか武士《ぶし》ちゃんに似《に》ているなあ、と思った。

そして、陽太《ようた》も自分の家の食卓《しょくたく》にマグロやカツオがならぶと、こっそりと一切れだけとっておくようになった。

6
遊《あそ》び仲間《なかま》

陽太《ようた》は、たびたび武士《ぶし》ちゃんの家にいくようになった。そして、武士《ぶし》ちゃんとカメゴンといっしょに遊《あそ》んだ。

カメゴンがカメ用のエサやごちそうを食べおわって、しばらくすると、武士《ぶし》ちゃんはカメゴンを水から出してやる。

カメゴンの頭を上にして、こうらとおなかをはさみ、右手で持《も》つ。すると、カメゴンのしっぽと後ろ足がダラーンとなる。やがてカメゴンは、そのかっこうのまま、シャーッとオシッコをした。

「よしよし」

武士《ぶし》ちゃんは、こうらをなでると、カメゴンを居間《いま》のゆかにおいた。あとは、

そのままカメゴンの好《す》きにさせてやる。家の中を自由《じゆう》に歩きまわらせるのだ。

カメゴンを家の中にはなしたあとは、武士《ぶし》ちゃんと陽太《ようた》のおやつタイムだ。

武士《ぶし》ちゃんのお母さんは、毎日おやつをテーブルの上においておいてくれる。

その日、だれかが遊《あそ》びにくることになっていなくても、二、三人分は用意《ようい》してあった。

カメゴンは、家の中に入ると、おやつを食べている武士《ぶし》ちゃんの足のまわりを、しばらくうろついていた。武士《ぶし》ちゃんは、

「ぼくの足が好《す》きなんだ」

といって、ニヤッと笑《わら》った。

少しして、陽太《ようた》は、

「ぼくの足だって好《す》きだよ」

と、自分の足を指《ゆび》さした。

カメゴンはちょうど、陽太《ようた》の足のこうに前足をのせたところで、ツメが当たってくすぐったい。

「あっ、ほんとだ。こいつ、陽太《ようた》くんのことも好《す》きなんだ」

武士《ぶし》ちゃんがいったので、陽太《ようた》もニヤッと笑《わら》った。

カメゴンは、とても人なつっこいカメだ。武士《ぶし》ちゃんと陽太《ようた》が、部屋《へや》の中で歩きまわると、カメゴンもよくそのあとについてきた。

武士《ぶし》ちゃんはいつでも、カメゴンが近くにいないか気にしながら歩くのがくせになっている。けれど、陽太《ようた》はなれないので、ついうっかり足もとを見ずに歩いては、カメゴンをけとばした。

すると、カメゴンはこうらの中に頭を引っこめて、ゆかをころころところがった。

陽太《ようた》はカメゴンを持《も》ちあげると、指《ゆび》でこうらをなでながら、いった。

「カメゴン、ゴメンよ」

カメゴンはこうらから、そーっと頭を出して、陽太《ようた》のことを見た。

カメゴンは二人の近くで遊《あそ》んでいたと思うと、急《きゅう》にいなくなることがあった。

そんなとき武士《ぶし》ちゃんは、好《す》きなようにさせておく。そして、自分たちは、テレビゲームやカードゲームなんかで遊《あそ》んだ。

二人が家にいるのにあきて、外に遊《あそ》びにいきたくなったときだけは、カメゴンをさがしださなくてはならない。

カメは水の中の生きものなので、家の中にはなされて遊《あそ》んでいても、しばらくすると、水に入りたくなる。だから、カメゴンをベランダのケースにもどしてから、外にいくことにしていた。

けれど、カメゴンは、いつでもかんたんにさがしだせるとはかぎらない。

武士《ぶし》ちゃんの家は、部屋《へや》が三つと、それに台所《だいどころ》とふろ場、トイレがある。ドアが閉《し》まっているので、ふろとトイレにはいくことはないけど、あとはどこにいったのかまったくわからない。

カメゴンが部屋《へや》の真《ま》ん中《なか》にいることは、ほとんどない。真《ま》ん中《なか》の広いところはつっきるだけで、いく先は、たいてい部屋《へや》のすみとか、家具《かぐ》の下、ものかげだ。だから、カメゴンをさがすときには、いろんな家具《かぐ》の下なんかを見てまわる。

ピアノの下やつくえの奥《おく》、炊飯器《すいはんき》をおく台の下、テレビ台の下、CD《シーディー》おき場の下、タンスの横《よこ》のすきま、思いもよらないところにひそんでいる。買いもののバッグのかげ、ということもあった。

おまけに、カメゴンはあんがいすばやく移動《いどう》する。ついさっきまでは、ピアノの下にいたのに、少ししてさがしにいくと、もうそこにはいない。かげも形もない。

陽太《ようた》と武士《ぶし》ちゃんは、カメゴンをさがしにかかるが、どこにいるのか、なんのけはいもない。二人と一匹《ぴき》で、まるでかくれんぼでもしているみたいだった。

それでも、十分くらいさがせば、たいていの場合は見つかった。カメゴンは、なにかのすみのくらがりの中で、手足と首をこうらの中に入れて、丸まってじっとしていた。

けれど、いくらさがしても、なかなか見つからないことがあった。

武士《ぶし》ちゃんは、冷蔵庫《れいぞうこ》の下の奥《おく》のほうを、懐中電灯《かいちゅうでんとう》の明かりで照《て》らして見た。

いつだったか、カメゴンがもっと小さいときに、冷蔵庫《れいぞうこ》の下にもぐって、こうらがつかえて出られなくなったことがあったそうだ。

でも、そこにもいなかった。今のカメゴンの大きさでは、こんなに小さいすきまには、入れっこない。

「カメゴンが見つからなかったら、どうするの？」

「今まで見つからなかったことなんて、一度《ど》もないよ。家の中にしかいないんだから、絶対《ぜったい》にどこかにかくれてるんだ」

それから二人は、カメゴンをさがすのに夢中《むちゅう》になった。いったいどこにかくれてるのか、カメゴンはなかなか見つからない。

少し高くなったアルミサッシの窓《まど》の下のわくをこえるなんて、カメゴンにはできないはずだ。と武士《ぶし》ちゃんはいいながら、ベランダにも出てさがした。でも、そこにもいない。

やがて、ようやく見つかったのは、一時間もたったころだった。カメゴンは本だなの一番奥《おく》の、碁盤《ごばん》の上で丸くなっていた。そこはちょうど碁石《ごいし》の入ったいれものの後ろ側《がわ》で、部屋《へや》にいる陽太《ようた》たちからは見えない場所《ばしょ》だった。

「どうやってのぼったんだ、カメゴン？」

武士《ぶし》ちゃんは、ホッとしたようすで、カメゴンを手のひらにのせた。

本だなは、一番下のたなでもゆかから十センチくらい上にある。カメゴンがよじのぼるには、ちょっと無理《むり》な高さだ。

「あー、これだ」

陽太《ようた》は、本だなの反対《はんたい》のはし近くに、スリッパがおいてあるのに気がついた。スリッパが階段《かいだん》の役目《やくめ》をしたんだ。

「カメゴン、おまえ頭いいな」

武士《ぶし》ちゃんはそういって、カメゴンをベランダのケースにもどした。

陽太《ようた》は放課後《ほうかご》、ひまさえあれば武士《ぶし》ちゃんの家にいくようになった。

そんな日々《ひび》をすごしていた陽太《ようた》だったが、学校では不完全燃焼気味《ふかんぜんねんしょうぎみ》だった。体を動《うご》かしたくてたまらなかった。

たまに、安則《やすのり》や良樹《よしき》が、

「きょうはドッジボールはやらないんだ」

ということがあった。そういうときは、陽太《ようた》と三人でジャングルジムでおにごっこをしたり、鉄棒《てつぼう》をしたりした。教室にいるより、ずっと楽しい。

けれど、つぎの日には、かならず鉄平《てっぺい》は、

「おい、安則《やすのり》、良樹《よしき》、ドッジボールするぞ」

と、真《ま》っ先《さき》に二人に声をかけるのだった。

すると二人は、鉄平《てっぺい》のあとについて外に出ていく。鉄平《てっぺい》にさからってまで、陽太《ようた》と遊《あそ》ぼうとはしなかった。

しかたないよな、と陽太《ようた》は思った。とのさまにさからえば、しかえしが待《ま》っているのだから。

7 カメゴンだって外に出たい

武士《ぶし》ちゃんの家にいくと、まず最初《さいしょ》にカメゴンにごはんを食べさせる。つぎに部屋《へや》の中にカメゴンをはなして、遊《あそ》ばせる。そのあとまたカメゴンをケースにもどして、二人で外に遊《あそ》びにいく。という流《なが》れが自然《しぜん》にできあがっていた。

けれど、やがて陽太《ようた》は、カメゴンだってケースにもどりたくなんかないんじゃないか、外にいっしょにいきたいんじゃないか、と考えるようになった。

カメゴンのこうらには、小さな一ミリくらいの穴《あな》があいている。頭に近いところで、人間だと肩《かた》のあたりだ。

なぜそんなところに穴《あな》があいているんだ？　と疑問《ぎもん》に思った陽太《ようた》は、武士《ぶし》ちゃんに聞いてみた。

カメゴンは、武士《ぶし》ちゃんのお姉さんの友だちの家で、最初《さいしょ》から飼《か》われていたのではなかった。カメゴンが道ばたでじっとしているのを友だちが見つけ、交番に知らせたけれど、持《も》ちぬしがあらわれなかったので、飼《か》うことにしたらしい。

道ばたで見つけたときに、すでにカメゴンのこうらには、穴《あな》があいていたそうだ。前の飼《か》いぬしがあけたんだろうという。

「ほんとうは、穴《あな》なんてあけちゃいけないんだ。カメゴン、そんなことされたから、前の家逃《に》げだしたんだよ。きっと」

と武士《ぶし》ちゃんはいった。

こうらは骨《ほね》とおなじなので、血管《けっかん》や神経《しんけい》が通っている。ただ、体についていないまわりのところは、人間のツメとおなじで、痛《いた》くないらしい。けれども、武《ぶ》士《し》ちゃんは、

「ぼくなら絶対《ぜったい》にカメゴンのこうらに穴《あな》なんてあけたりしない」

と怒《おこ》ったようすでいった。

「カメゴンを外につれていって遊《あそ》ばせよう」

と提案《ていあん》したのは、陽太《ようた》だった。

なぜこうらに穴《あな》があいているんだろうと考えたとき、犬が首輪《くびわ》にリードをつけてさんぽするように、カメゴンもそこに糸かヒモを通してむすばれてさんぽしたんじゃないか、とひらめいたのだ。

「カメゴンをつれて、外にいくの？」

武士《ぶし》ちゃんはおどろいたようすで聞いた。そんなことをしようなんて、考えたこともなかったらしい。

「うん。たまにはカメゴンも外に出たいんじゃないかな」

武士《ぶし》ちゃんは、少しのあいだ考えたあとでいった。

「カメゴンだって、外に出てみたいかもしれないね」

「そりゃあ、そうだよ。だれだって広いところで遊《あそ》びたいに決《き》まってるよ」

と、陽太《ようた》は断言《だんげん》した。

問題《もんだい》は、カメゴンをどうやってつないでおくか、だった。こうらの穴《あな》にヒモを通すのが、一番手っとり早い。

だけど、武士《ぶし》ちゃんは、それには猛反対《もうはんたい》した。穴《あな》をあけられたことだけだって、すごくかわいそうだと思っているのだ。そこにヒモを通されるのは、カメゴンは絶対《ぜったい》にいやだろう、と主張《しゅちょう》した。

カメゴンのことは、武士《ぶし》ちゃんが一番よく知っている。カメゴンがいやなことは、やめよう。

結局《けっきょく》、カメゴンのこうらの一番大きいところを、ぐるぐるとタコ糸を何回も巻《ま》いて、ゆわえておいた。タコ糸ははずれることもあるかもしれないので、近くにいて気をつけていることにした。

九月のおわりごろ、カメゴンを外につれだすことになった。

武士《ぶし》ちゃんはカメゴンを左の手のひらにのせると、右手のひらをこうらの上においていて、大事《だいじ》に下まではこんだ。そして、建物《たてもの》の外に出ると、カメゴンをそっと社宅《しゃたく》の敷地内《しきちない》のアスファルトの上においた。

広い場所《ばしょ》におり立ったら、カメゴンはよろこんであちこち歩きまわるだろうと思っていた。けれど、予想《よそう》に反《はん》して、一か所《しょ》でじっとしている。しばらくしてから、カメゴンはこうらからおそるおそる顔を出して、のっそりと歩きだした。

カメゴンは見たことがない世界《せかい》がものめずらしいみたいで、ゆっくりゆっくり歩いて、あちこちさぐっている。家の中で、すばやく行動《こうどう》するのとは大ちがいだ。あまりにのろいので、タコ糸は引っぱられることもなく、たるんだままだ。

植《う》えこみの下にもぐっていき、つき当たると、へいにそって歩いた。陽太《ようた》も武士《ぶし》ちゃんも、しゃがんだまま進《すす》んでついていく。

駐車場《ちゅうしゃじょう》では、車の下にもぐったと思うと、どんどん奥《おく》へいこうとした。とうとう武士《ぶし》ちゃんは、タコ糸を引っぱって、カメゴンを引きずりだした。いくらなんでも、陽太《ようた》たちは車の下には入っていけない。

植《う》えこみのふちをかこんでいる石のところでは、のぼろうとしてすべり、こうらを下にして、手足をバタバタさせたので、武士《ぶし》ちゃんも陽太《ようた》も大笑《おおわら》いした。

そうして、カメゴンの第《だい》一回目のさんぽはおわった。

二回、三回とカメゴンをさんぽさせているうちに、陽太《ようた》も武士《ぶし》ちゃんも、カメゴンがもっとよろこぶことをさせてやりたくなった。

カメが一番好《す》きなことといえば、広い水の中で泳《およ》ぎまわることだろう。どこかの池で

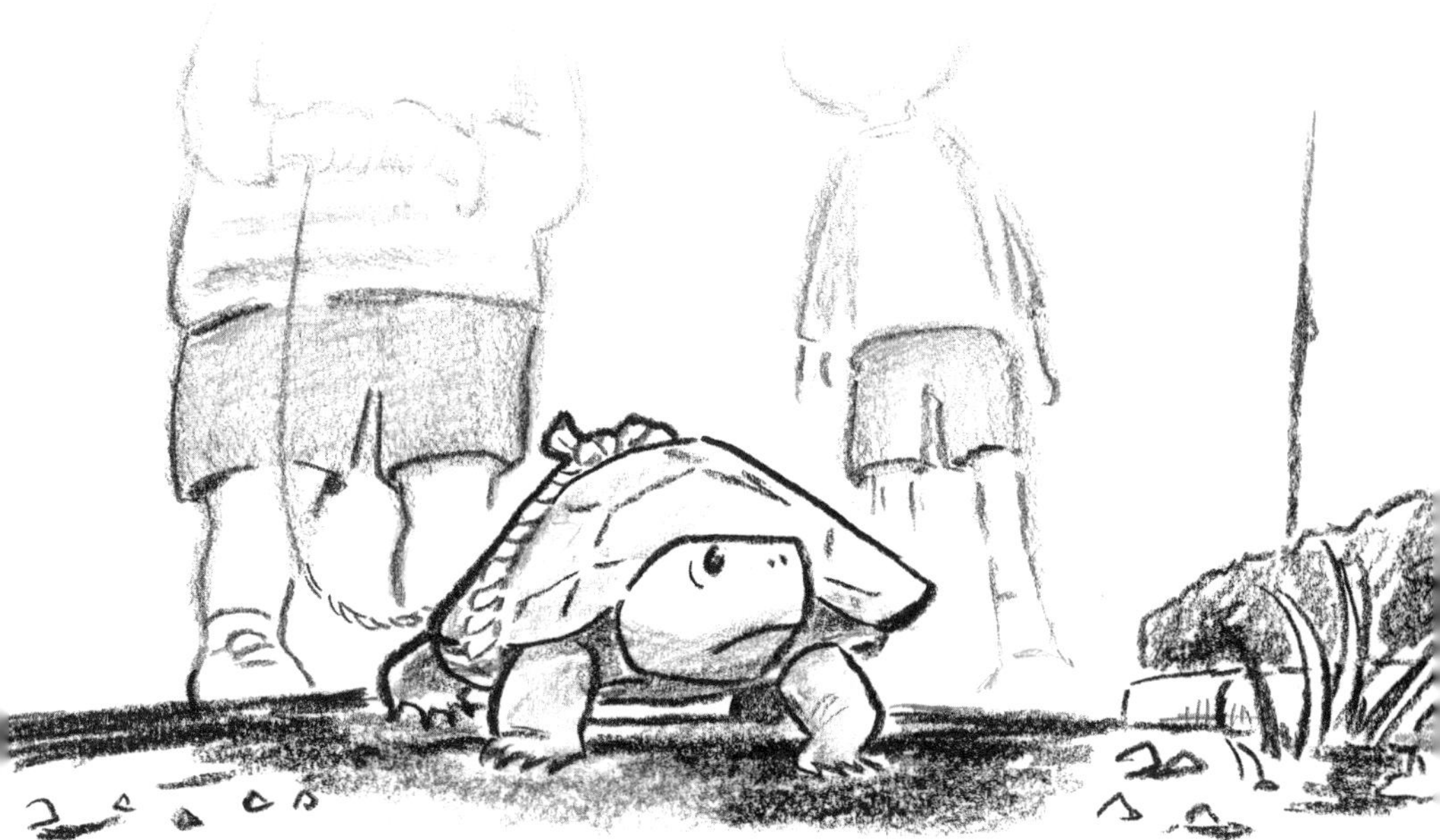

自由《じゆう》に泳《およ》がせてやったらどうか、と陽太《ようた》は提案《ていあん》した。

けれど、武士《ぶし》ちゃんは、

「うーん」

と、首をかしげた。

池には深《ふか》いところがある。万が一、タコ糸がカメゴンからはずれたら、つかまえにいけなくなるかもしれない、というのだ。

それもそうだ、と陽太《ようた》は思った。そして、池にかわる場所《ばしょ》、と考えて思いついたのが川だ。

近くを流《なが》れる野川《のがわ》は、わき水が流《なが》れこんでいるので、水がきれいだ。それに深《ふか》くないので、自分たちもジャブジャブと水の中に入っていける。タコ糸がはずれても、すぐにつかまえられるだろう。はじめてカメゴンを遊《あそ》ばせるには、安心《あんしん》できる場所《ばしょ》だった。

「よし。そこにしよう」

と武士《ぶし》ちゃんも賛成《さんせい》して、カメゴンを川遊《あそ》びにつれていくことになった。

カメゴンは地面《じめん》の上は、のそのそ歩いていたのに、川に入ると、とつぜんすばやく泳《およ》ぎはじめた。

いきなりだったので、タコ糸は武士《ぶし》ちゃんの手をするりとぬけ、カメゴンはまったくの自由《じゆう》の身《み》となった。

陽太《ようた》も武士《ぶし》ちゃんも、くつやソックスをぬぐまもなく、大あわてで川の中に入った。陽太《ようた》がタコ糸のはしをつかまえるのと同時に、武士《ぶし》ちゃんはカメゴンをつかまえた。

「あせったー」

と、陽太《ようた》はいった。

それからは、武士《ぶし》ちゃんがタコ糸を持《も》ち、陽太《ようた》はカメゴンをすぐにつかまえられるように、近くにいることにした。

カメゴンは川の中では、性格《せいかく》がかわったみたいだった。赤いコイを追《お》いかけて、ぐるぐるまわった。かと思うと、水辺《みずべ》の草の中に突進《とっしん》していく。始終《しじゅう》とど

まることなく、あちこち動《うご》きまわっている。

やっぱり、カメゴンは水の中、池や川が大好《だいす》きなんだ、と陽太《ようた》は思った。こんなに楽しそうなカメゴンを見るのは、はじめてだった。

しばらくして、カメゴンをつかまえると、休けいするために岸《きし》にあがった。

武士《ぶし》ちゃんは、どことなく元気がない。いつもにくらべて、口数も少ない。

「おい。どうしたんだよ。カメゴンがこんなによろこんでよかったじゃないか」

「うん」

と武士《ぶし》ちゃんはうなずいたきり、手のひらの上にいるカメゴンのこうらをただなでている。

しばらくして、ようやく口を開《ひら》いた。

「カメゴン、ぼくんちより、川のほうが好《す》きなんだね」

それで陽太《ようた》にも、武士《ぶし》ちゃんが元気をなくした理由《りゆう》がわかった。カメだし、そんなの当たり前だろうといおうとした。でも、いうのをやめておいた。

かわりにいったのは、

「ぼくらだって、ディズニーランドにいったら、うれしくてとびまわるだろ。カメゴンだっておなじだよ。でも、一番安心《あんしん》してゆっくりできるのは、自分の家じゃないか」

だった。

武士《ぶし》ちゃんは、

「そうかな」

といって、少し元気をとりもどした。

その日から、週に二、三回カメゴンを川につれていって、遊《あそ》ばせるようになった。放課後《ほうかご》の遊《あそ》びは、カメゴンが中心だった。

陽太《ようた》は、これからもそんな日がずっとつづいていくものだと思っていた。今や、武士《ぶし》ちゃんにとってだけでなく、陽太《ようた》にとっても、カメゴンはなくてはならない大事《だいじ》な遊《あそ》び相手《あいて》になっていた。

ところが、十月もなかばをすぎたある日、とつぜん武士《ぶし》ちゃんはいった。

「もうじきカメゴンといっしょに遊《あそ》べなくなる」

カメゴンが冬眠《とうみん》するときがやってくるのだ。いくら武士《ぶし》ちゃんにとって家族《かぞく》でも、やっぱりカメゴンはカメなんだ。

それから数日後、

「最後《さいご》にもう一度《ど》だけ、カメゴンを川で遊《あそ》ばせてやろうよ」

と武士《ぶし》ちゃんは提案《ていあん》した。

カメゴンはもう、昼間のあたたかい時間以外《いがい》は、じっとしていることが多くなった。川につれていくのは夕方ではなく、昼すぎくらいにしよう、と武士《ぶし》ちゃんはつけくわえた。

うまい具合《ぐあい》に、週に一度《ど》、学校が昼でおわる日がある。水曜日だ。その日につれていくことにした。

8

最後《さいご》の川遊《あそ》び

十月二十一日の水曜日は、川遊《あそ》びをするのにふさわしい、カラリと晴れあがった日だった。陽太《ようた》と武士《ぶし》ちゃんは、カメゴンをつれて野川《のがわ》にやってきた。

「カメゴン、きょうで川遊《あそ》びはおわりだ。思いっきり遊《あそ》べよ」

武士《ぶし》ちゃんはそういうと、自分も長ぐつのままジャブジャブと川の中に入った。

陽太《ようた》はスニーカーをはいてきていたので、はだしになって川の中に入った。

日ざしはあたたかいが、川の水は思った以上《いじょう》につめたかった。

カメゴンはゆったりと泳《およ》ぎ、くつろいだようすで、川遊《あそ》びをしている。そして、陽太《ようた》も武士《ぶし》ちゃんも、カメゴンといっしょに川に入ったり、岸辺《きしべ》の草の上

にすわったりして、おだやかな時間をすごした。

二時半をすぎると、急《きゅう》に風がつめたく感《かん》じられるようになった。そろそろ川遊《あそ》びをやめて、家に帰らなくちゃならない。

野川《のがわ》は、両側《りょうがわ》の道より一・五メートルほど低《ひく》いところを流《なが》れている。川にそった道のはしには、どちらも柵《さく》が設置《せっち》してある。自分たちだけなら、柵《さく》をこえて、野川《のがわ》におりたり、道にあがることもできる。けれど、カメゴンがいっしょなので、陽太《ようた》たちは階段《かいだん》をつかってのぼりおりしていた。

階段《かいだん》まで歩いていって道にあがると、陽太《ようた》と武士《ぶし》ちゃんは野川《のがわ》ぞいに歩いていった。

しばらくいったところで、道のむこう側《がわ》から、男子が二人歩いてくるのが目に入った。

最初《さいしょ》は、陽太《ようた》もまったく気にとめなかった。ところが、じきに、その二人がだれなのか気づいてしまった。

「ヤバい。鉄平《てっぺい》と健人《けんと》だ」

「おなじクラスの鉄平《てっぺい》くんと健人《けんと》くん？」

武士《ぶし》ちゃんは、まったくヤバいとは感《かん》じてないらしく、のんびりした口調《くちょう》でいった。

「そうだよ」

と陽太《ようた》はこたえながら、とっさにどうしたらいいか考えた。

このまま、すれちがったりしたら、ただ「こんにちは」ですむはずがない。なにがマズいって、今こんなにも大事《だいじ》そうに、武士《ぶし》ちゃんが両手《りょうて》でつつむようにして持《も》っているカメゴンを見られることだ。とにかく、あの二人は、人が持《も》っている大切なものは、なんだってほしくなるんだから。

かといって、今、陽太《ようた》にだってあの二人がだれかわかったのだ。むこうだって、自分たちのことがわかったに決《き》まってる。いかにも二人をさけるように、ここでU《ユー》ターンしたら、あとでなにをいわれるか、なにをされるかわかったもんじゃない。

そして、陽太《ようた》が、とっさに思いついたのは、

「カメゴンをかくそう」

だった。

「えー、いいよ。かくすとこなんてないし」

そういう武士《ぶし》ちゃんは、あの二人のことをわかっていない。まったくなにも。

でも、今説明《せつめい》している時間はなかった。二人は近づきつつあった。

陽太《ようた》も武士《ぶし》ちゃんも、カメゴンをかくすふくろなんて持《も》っていないし、もちろん、ズボンのポケットなんかには入らない。Tシャツ《ティー》一枚《まい》しか着《き》ていないので、服《ふく》の中に入れれば、そこになにかかくしているのは、ひと目でわかってしまう。

ああ、もうダメだ。と陽太《ようた》が思ったつぎの瞬間《しゅんかん》、とつぜんいいアイデアがひらめいた。

「武士《ぶし》ちゃん、そのままじっとして動《うご》かないで」

そういうと、陽太《ようた》はカメゴンをうけとって、武士《ぶし》ちゃんの後ろにかくれた。

こういうとき、背《せ》も横《よこ》もはばもデカい武士《ぶし》ちゃんは役《やく》に立つ。

武士《ぶし》ちゃんの後ろで、陽太《ようた》は帽子《ぼうし》をぬぐと、カメゴンを頭の上にのせ、ふたたび帽子《ぼうし》をかぶりなおした。

カメゴンが、あわてて頭の上でバタバタ動《うご》いているのがわかった。あまり動《うご》くので、カメゴンをかくしているのがバレないか心配《しんぱい》になった。が、今さらもうどうにもならない。

陽太《ようた》が武士《ぶし》ちゃんの後ろから出ると、鉄平《てっぺい》と健人《けんと》は、すぐ目の前まできていた。カメゴンをかくすのに、ギリギリまに合った。

「ようっ、陽太《ようた》」

鉄平《てっぺい》がいった。

「やあ」

と陽太《ようた》はこたえる。できるだけなんでもない顔をして。

「武士《ぶし》といっしょになにしてるんだ？」

健人《けんと》が聞いた。

「うん。今まで野川《のがわ》で遊《あそ》んでたんだ」

陽太《ようた》がこたえたのと同時に、頭の上にいるカメゴンのあたりから水がたれ、首の後ろをつーっとつたって、T《ティー》シャツのえり首から背中《せなか》に入って流《なが》れ落《お》ちた。

その瞬間《しゅんかん》、陽太《ようた》の首がすくみ、両方《りょうほう》の肩《かた》が持《も》ちあがった。二人に気づかれたかと思って、陽太《ようた》はあせった。

ドキドキしていると、鉄平《てっぺい》はいった。

「せっかくここで会ったんだ。いっしょに遊《あそ》ばないか。最近《さいきん》、おまえドッジボールもしないしな」

ことわったら、なにをされるか心配《しんぱい》だったが、カメゴンを帽子《ぼうし》の中に入れたまま遊《あそ》ぶなんて、ありえない。

「ゴメン。きょうはもう帰らなきゃならないんだ」

陽太《ようた》はまっすぐに立ったまま、頭を動《うご》かさずにこたえた。

鉄平《てっぺい》はあからさまにいやな顔をすると、

「武士《ぶし》はどうだよ?」

と聞いた。

「きょうはダメだから、今度遊《こんどあそ》ぼう」

そのこたえは、鉄平《てっぺい》と健人《けんと》を満足《まんぞく》させたようだった。鉄平《てっぺい》は、武士《ぶし》ちゃんの
肩《かた》を二回軽《かる》くたたくと、

「そうか。今度遊《こんどあそ》ぼうな。絶対《ぜったい》だぞ」

と、きげんよさそうに、いった。

つぎに鉄平《てっぺい》は、陽太《ようた》のほうをむいた。きげんのよさは、すでに消《き》えていた。

鉄平《てっぺい》が、

「おまえもいっしょに遊《あそ》んでやってもいいぜ」

というのと同時に、手を上にあげるのが見えた。

ヤバいと思った瞬間《しゅんかん》、陽太《ようた》は肩《かた》を思いきりたたかれていた。

いってーっ。陽太《ようた》は頭にきたが、そんなことは少しも顔には出さず、ただ、

「ああ」

と、こたえただけだった。今はおとなしくして、ここをやりすごすのが一番だと思った。

それにしても、たたかれたのが頭じゃなくてよかった。頭だったら、カメゴンだって痛《いた》い思いをしただろうし、鉄平《てっぺい》だって、帽子《ぼうし》の中にかたいものがあるのに気づいて、カメゴンを見つけてしまったかもしれない。

陽太《ようた》は、鉄平《てっぺい》と健人《けんと》が遠ざかっていくのを背中《せなか》に感《かん》じながら、野川《のがわ》ぞいにまっすぐ歩いていった。二人がふりかえるかもしれないので、カメゴンは帽子《ぼうし》の中に入れたままだ。

家に帰る道に出ると、やっと陽太《ようた》はホッとした。角を曲がるときに、ちらっとふりかえって鉄平《てっぺい》と健人《けんと》のすがたをさがすと、二人はもう、かなりはなれたところにいっていた。

よかった。見つからずにすんだ。道を数歩歩いたところで、陽太《ようた》はようやく帽子《ぼうし》をぬいだ。武士《ぶし》ちゃんが、陽太《ようた》の頭の上にいるカメゴンをそっと持《も》つと、自分の手のひらにのせた。

「いやあ、あぶなかったな。水がたれてきたんで、見つかるかと思ったよ」

陽太《ようた》は、カメゴンのこうらをなでた。

「カメゴン、おどろいてオシッコしちゃったのかな」

武士《ぶし》ちゃんがのんきにいうのを聞いて、陽太《ようた》もようやく笑《わら》いたい気分になった。

「えーっ、オシッコかよ」

といいながら、髪《かみ》の毛を手のひらでぬぐった。

「だけど、なぜ鉄平《てっぺい》くんたちにカメゴン見せちゃいけないの？」

武士《ぶし》ちゃんが聞いた。

「武士《ぶし》ちゃん、三年のとき、鉄平《てっぺい》たちとおなじクラスだったんだろ。今まで、ああしろとか、あれくれとか、命令《めいれい》されてなにかさせられたことないの？」

武士《ぶし》ちゃんは、ちょっと首をかしげて、

「うん、ないよ。あまり話したことないし」

といった。

そうか。武士ちゃんは三年で転校《てんこう》してきたあと、あまり鉄平《てっぺい》と健人《けんと》とはかかわらずにすごしてきたんだ。それは、ラッキーだったな、と陽太《ようた》は思った。

「ぼくと鉄平《てっぺい》と健人《けんと》とは、保育園《ほいくえん》がいっしょなんだ。そのころからほしいものはなんだって、人からとりあげちゃうんだ」

陽太《ようた》には、今でもわすれられないできごとがある。

保育園最後《ほいくえんさいご》の夏だった。陽太《ようた》は近くの公園でセミを見つけた。そして捕虫網《ほちゅうあみ》をつかって、木のずいぶん高いところにとまってるのを、やっとつかまえた。

家に持《も》って帰って、虫かごに入れて飼《か》おうとしていたら、母さんがいった。

「セミって、土から出て、たった一週間しか生きられないのよ。そのあいだ、かごの中なんかにいたいかしら」

「ううん。木の上にいるほうがいいね」

陽太《ようた》は、セミをはなしてやることにした。

また公園にきて、セミをはなそうとしていると、鉄平《てっぺい》がやってきた。

「セミ、つかまえたのか」

「うん。これから逃《に》がしてやるんだ」

「逃《に》がすんなら、オレにくれよ」

陽太《ようた》は首をふった。

「セミは、たった一週間しか生きられないから、外にいるほうがいいんだ」

ところが鉄平《てっぺい》は、陽太《ようた》がいうのを最後《さいご》まで聞かずに、無理《むり》やり虫かごをうばった。

「ダメだよ。ぼくのなんだからかえせよ」

陽太《ようた》はとりかえそうとした。けれど、鉄平《てっぺい》は虫かごだけかえして、セミを持《も》ったままいってしまった。

あとで、鉄平《てっぺい》はいった。

「あのセミ、弱っちいな。すぐ死《し》んじゃったよ」

陽太《ようた》はなぐられてもいいから、セミをとりかえせばよかったと、後悔《こうかい》した。

そのときのことを思いだして、陽太《ようた》はいった。

「カメゴンだって、とられちゃうかもしれないよ」

「だって、このカメゴンは、ぼくの家のカメだよ」

「そんなことが通じる相手《あいて》じゃないんだ。ほしいと思ったら、だれのものでも、力づくでとる。それが、鉄平《てっぺい》たちのやりかたなんだから」

「ふうん」

武士《ぶし》ちゃんはうなずいたけど、はっきりとわかったようすではなかった。

陽太《ようた》はそれを見て、マズいなあと思った。今まで鉄平《てっぺい》たちからいやな目にあわされたことがない武士《ぶし》ちゃんに、ほんとうのことをわからせるのはむずかしい。

だけど、なんとしても、鉄平《てっぺい》たちにカメゴンのことを知られないようにしなくちゃならない。もし武士《ぶし》ちゃんが、カメゴンをこんなに大事《だいじ》にして、かわいがっているのを知ったら、鉄平《てっぺい》たちはほんとうにとりあげてしまうかもしれない。

陽太《ようた》はもう一度《ど》、

「いいか。ほんとうに、絶対《ぜったい》に、鉄平《てっぺい》たちにカメゴンを見せちゃダメだよ」

と念《ねん》をおした。

武士《ぶし》ちゃんはけげんそうな顔で、

「うん」

とうなずくと、いった。

「冬眠《とうみん》する前に、カメゴンの家に枯《か》れ葉《は》をいっぱい入れて、ねどこを作ってやんなきゃ」

「じゃあ、ぼくも枯《か》れ葉《は》いっしょに集《あつ》めるよ」

カメゴンが冬眠《とうみん》するのはさみしいけど、冬眠《とうみん》に入ってしまえば、カメゴンが鉄平《てっぺい》や健人《けんと》たちに見られる心配《しんぱい》もなくなる。

陽太《ようた》はそれに気がつくと、少しホッとした。

9

冬眠《とうみん》はいつ？

カメゴンは、最後《さいご》の川遊《あそ》びに出かけて少ししたころから、あまりエサを食べなくなった。だんだんと動《うご》きもにぶくなって、ベランダのケースの中にいても、じっとしていることが多くなった。

武士《ぶし》ちゃんはカメゴンにエサをやるのも、家の中にカメゴンをはなすのもやめた。

まだ冬眠《とうみん》していないのにエサをやらなかったら、おなかがすくんじゃないかな、と陽太《ようた》は考えた。

けれど、じっとしている時間が長くなると、カメゴンは夏のあいだにたくわえた栄養分《えいようぶん》だけでしばらくのあいだくらせる、と武士《ぶし》ちゃんが教えてくれた。

それより、おなかの中にエサが残《のこ》ったまま冬眠《とうみん》してしまうと、中でエサがくさって、死《し》んでしまうこともあるそうだ。

「えー、知らないあいだに、カメゴンが死《し》んじゃったらいやだねえ」

「うん。毎年春がきて、カメゴンが起《お》きてくるまで、心配《しんぱい》でたまらないよ」

「とちゅうで、元気にしてるか見ちゃダメなの？」

と陽太《ようた》が聞くと、武士《ぶし》ちゃんはうなずいた。

「それだけは、絶対《ぜったい》にしちゃダメなんだ」

カメゴンは本格的《ほんかくてき》な冬眠《とうみん》に入ると、春になるまで、ただじっと枯《か》れ葉《は》の中でねむりつづける。せっかく深《ふか》いねむりに入っているときに、とちゅうで起《お》こしたりすると、体が弱ってしまうそうだ。

カメゴンにとって一番いいのは、温度変化《おんどへんか》のないところで、じっとねむりつづけることだという。春あたたかくなって、自然《しぜん》に目ざめるまで。

カメゴンがエサを食べずに、冬眠《とうみん》に入る準備《じゅんび》をしているあいだに、武士《ぶし》ちゃんと陽太《ようた》は、ねどこの準備《じゅんび》にとりかかることにしていた。

「枯《か》れ葉《は》がカメゴンのふとんになるんだ」

と武士《ぶし》ちゃんはいったが、カメゴンのケースの中に、たっぷりと枯《か》れ葉《は》を入れてやるのだ。カメゴンが気持《きも》ちよくねられるように。

武士《ぶし》ちゃんは、ふだんは週に二、三回、カメゴンがエサをたくさん食べる夏には毎朝、カメゴンの家であるケースの中をそうじして、水をとりかえていた。けれど、エサを食べなくなると、あまりフンをしないので、ケースの中の水もよごれなくなる。ちょうどそのころが、枯《か》れ葉《は》を入れるのにいい時期《じき》なのだそうだ。いったん枯《か》れ葉《は》を入れると、水をかえられなくなるからだ。

ところが、十一月のなかばをすぎ、枯《か》れ葉《は》も、そろそろ集《あつ》められそうなほど舞《ま》い落《お》ちるころになっても、武士《ぶし》ちゃんは枯《か》れ葉《は》をひろいにいこう、といいださなかった。

カメゴンといっしょに最後《さいご》の川遊《あそ》びにいって、一週間ほどすぎたころから、武士《ぶし》ちゃんは陽太《ようた》のことを、遊《あそ》びにおいでよとさそわなくなった。それまでは、学校にいるときや帰るときに、陽太《ようた》の顔を見ると、いつも、

「きょうもカメゴンと遊《あそ》ぶ？」

と聞いてきたのに。

陽太《ようた》は、週二回のスイミングの日以外《いがい》は、たいていいっしょに遊《あそ》ぶ、とこたえていた。

でも、最近《さいきん》さそってくれないのは、カメゴンが冬眠《とうみん》の準備《じゅんび》に入って、いっしょに遊《あそ》べなくなったからだろうと陽太《ようた》は思っていた。武士《ぶし》ちゃんと遊《あそ》ぶときは、いつだってカメゴンもいっしょだったのだから。

けれど、十一月もおわりに近づいてくると、陽太《ようた》はいいかげん心配《しんぱい》になった。いくらなんでも、もうそろそろ枯《か》れ葉《は》を入れてやらないと、カメゴンが気持《きも》ちよく冬眠《とうみん》に入れないいんじゃないか。

そして、とうとう陽太《ようた》は、さそわれもしないのに、武士《ぶし》ちゃんの家にいった。ピンポンを鳴らして、武士《ぶし》ちゃんが玄関《げんかん》に出てきたときから、いつもとよう

すがちがうのに気がついた。

「いっしょに枯《か》れ葉《は》ひろいしようと思ってきたんだ」

と陽太《ようた》がいうと、武士《ぶし》ちゃんはあきらかにこまった顔をした。

そのまま、ただだまってつっ立っているので、

「きょうひろいにいけないいなら、またくるよ」

と陽太《ようた》はいった。きっと用事《ようじ》でもあるんだろうと思った。

陽太《ようた》が帰ろうとしていると、ようやく武士《ぶし》ちゃんは口を開《ひら》いた。

「もう枯《か》れ葉《は》は集《あつ》めたんだ」

「えーっ。なんでー」

陽太《ようた》はおどろいて、大声をあげてしまった。

武士《ぶし》ちゃんが、それ以上《いじょう》なにもいわないので、

「カメゴンはどうしてるの？」

と陽太《ようた》は聞いた。

「ときどき、あったかい時間には、枯《か》れ葉《は》の上に出ているけど、たいてい枯《か》れ

葉《は》の中でじっとしている」

「どんなふうに、ねどこを作ったのか見たいよ」

武士《ぶし》ちゃんはちょっとこまっているみたいだったけど、やがて小さく二、三回うなずいた。

陽太《ようた》が武士《ぶし》ちゃんの家の中を通り、ベランダに出ると、ケースの中は、しめった枯《か》れ葉《は》でいっぱいになっていた。カメゴンのすがたは、枯《か》れ葉《は》の中に入っているらしく、見当たらない。

それを見たとたん、陽太《ようた》はとつぜん文句《もんく》をいいたくなった。武士《ぶし》ちゃんとは、ずっといっしょにカメゴンをさんぽさせたり、川遊《あそ》びにつれていったりしていた。最後《さいご》の川遊《あそ》びのあとには、枯《か》れ葉《は》を集《あつ》めるのを手つだうともいった。それなのに、武士《ぶし》ちゃんは一人で枯《か》れ葉《は》を集《あつ》めて、カメゴンのねどこを作ってしまった。

でも、そんなことはどうでもいい。いやなのは、カメゴンがいったん冬眠《とうみん》しはじめたら、もう春まで会えないってことだ。最後《さいご》にもう一度《ど》カメゴンの顔を見て、「お休み」っていわせてくれてもよかったんじゃないか。

陽太《ようた》がそういおうとしていると、とつぜん、「ピンポン」が鳴った。

武士《ぶし》ちゃんはあわてたようすで、

「早く部屋《へや》に入って」

といった。

二人がベランダから居間《いま》に入ったのと、玄関《げんかん》があいて、

「おい。武士《ぶし》、いるのかよ？」

といったのは、同時だった。

陽太《ようた》には、その声を聞いただけで、だれがきたのかわかった。鉄平《てっぺい》だ。

鉄平《てっぺい》は、武士《ぶし》ちゃんが玄関《げんかん》に出ていくより先に、ろうかを歩いて居間《いま》に入ってきた。健人《けんと》もいっしょだ。

それを見て、陽太《ようた》はおどろいた。カメゴンが冬眠《とうみん》の準備《じゅんび》に入る前、陽太《ようた》は始《し》

終武士《じゅうぶし》ちゃんの家にきていた。それでも、武士《ぶし》ちゃんが玄関《げんかん》に出てきて、「入っていいよ」とか「入りなよ」というまで、勝手《かって》に家にあがったことなんて一度《ど》もない。ところが、二人はまるで自分の家のように、ことわりもせずにあがってきた。

鉄平《てっぺい》は陽太《ようた》の顔を見るなり、

「ああ、おまえもきてたのか」

といった。健人《けんと》は、

「よう、武士《ぶし》。きょうのおやつなんだよ」

といいながら、テーブルの前にすわった。

武士《ぶし》ちゃんが、こまったような目で陽太《ようた》を見た。

そういうことだったのか。武士《ぶし》ちゃんが遊《あそ》ぼうとさそわなかったのは、鉄平《てっぺい》と健人《けんと》がいつもこの家にきていたからなんだ。

いつからだ、と考えたとたん、思い当たった。カメゴンを川遊《あそ》びにつれていった帰りに、鉄平《てっぺい》たち二人に会ったあとだ。

あのとき、武士《ぶし》ちゃんが、

「きょうはダメだけど、今度遊《こんどあそ》ぼう」

というと、

「今度遊《こんどあそ》ぼうな。絶対《ぜったい》だぞ」

と鉄平《てっぺい》はいった。その言葉《ことば》が、あの日のあと実行《じっこう》にうつされたというわけだ。

それじゃあ、ひょっとして、枯《か》れ葉《は》も鉄平《てっぺい》と健人《けんと》といっしょに集《あつ》めたのか。

とすると、カメゴンのことは、もう二人に知られてしまったんだろうか。

陽太《ようた》は心配《しんぱい》でたまらなくなったが、今は聞きたくても聞けない。

「ぼく帰るよ」

と陽太《ようた》がいうと、

「そうか。おやつの分け前がふえたぜ」

といって、鉄平《てっぺい》はニヤッと笑《わら》った。

陽太《ようた》が玄関《げんかん》にいくと、武士《ぶし》ちゃんが一人で見送《みおく》りにきた。いいチャンスなので、陽太《ようた》は小声で聞いた。

「カメゴンのこと、あの二人知ってるのか？　まさかいっしょに枯《か》れ葉《は》を集《あつ》めたんじゃないよね」

武士《ぶし》ちゃんは首をふる。

「枯《か》れ葉《は》は二人が帰ったあと、夜一人でひろったから」

武士《ぶし》ちゃんが小声でそういったとき、

「おい、武士《ぶし》。なにしてんだよ」

鉄平《てっぺい》が、いらだったように大声でいうのが聞こえた。

「また今度《こんど》ね」

武士《ぶし》ちゃんはあわててそういうと、陽太《ようた》が玄関《げんかん》から外に出るのも待《ま》たずに、居間《いま》にもどっていった。

けれど、「また今度《こんど》」は、それからずっとやってこなかった。二学期《がっき》がおわり、冬休みに入ってもやってこなかった。

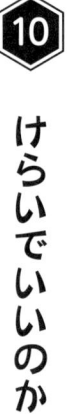

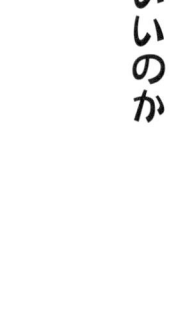

10 けらいでいいのか

三学期《がっき》になった。

このごろ陽太《ようた》は、学校にいるあいだも、学校から帰ってからも、ちっとも楽しくない。その理由《りゆう》はわかっている。学校ではドッジボールができないし、放《ほう》課後《かご》は武士《ぶし》ちゃんと遊《あそ》べないからだ。

ときどき陽太《ようた》は、武士《ぶし》ちゃんの家に遊《あそ》びにいってみようか、と考える。カメゴンは冬眠《とうみん》している最中《さいちゅう》だけど、武士《ぶし》ちゃんといっしょに、しめった枯《か》れ葉《は》でいっぱいの、カメゴンのねどこを見るだけでもいいなと思う。

だけど、すぐに、やっぱりやめようと思いかえすのだった。また鉄平《てっぺい》と健人《けんと》がきているかもしれない。あの二人と顔を合わすなんてゴメンだし、それに、武士《ぶし》ちゃんが自分と二人のあいだに立って、おろおろするのも見ていられない。だけど、このまま武士《ぶし》ちゃんは、鉄平《てっぺい》、健人《けんと》の二人と遊《あそ》びつづけていてもいいんだろうか。

今は静《しず》かにじっと冬眠《とうみん》してるけど、カメゴンは三人がいる居間《いま》のガラス一枚《まい》へだてただけのベランダにいるのだ。なにかのひょうしに見つからないともかぎらない。

もし見つかったら、と考えただけで、陽太《ようた》はいてもたってもいられない気持《きも》ちになった。もし見つかって、カメゴンが鉄平《てっぺい》たちにうばわれたら……。そんなことになるくらいなら、最初《さいしょ》から、武士《ぶし》ちゃんともカメゴンともなかよくなんかならないほうがよかった。

武士《ぶし》ちゃんが、鉄平《てっぺい》と健人《けんと》につきまとわれるようになったのは、きっと陽太《ようた》となかよくしていたせいだ。あの日、カメゴンを最後《さいご》に川遊《あそ》びにつれていった帰りに会ったとき、鉄平《てっぺい》たちはそれをはじめて知ったんだろう。

そこまで考えて、陽太《ようた》はハッとした。鉄平《てっぺい》と健人《けんと》が武士《ぶ》ちゃんの家に入りびたってるのは、自分を武士《ぶし》ちゃんに近づけないためかもしれない、と気がついたのだ。

つまり、鉄平《てっぺい》たちは、自分から武士《ぶし》ちゃんという大事《だいじ》な友だちをとったわけだ。なんでも、人が大事《だいじ》にしているものをとろうとする、あの二人のやりそうなことだ。

武士《ぶし》ちゃんと遊《あそ》べなくなって、カメゴンもいっしょに遊《あそ》んだ時間が、とてつもなく楽しかったことに、陽太《ようた》ははじめて気がついた。その楽しい時間をうしなってしまった。


鉄平《てっぺい》たちは三学期《がっき》になると、学校でも、武士《ぶし》ちゃんを自分たちの近くにいさせるようになった。とうとう、武士《ぶし》ちゃんもけらいにすることにしたわけだ。中休みには、武士《ぶし》ちゃんも鉄平《てっぺい》にさそわれるまま校庭《こうてい》に出ていって、ドッジボールにくわわっている。きっと、いやいややらされているんだろうけど、陽《よう》太《た》にはどうすることもできない。

ほかにやることがないので、陽太《ようた》は中休みになると、なわとびの練習《れんしゅう》にはげむことにした。練習《れんしゅう》するからには、二重《じゅう》とびやクロスとびなんかを、もっとたくさんとべるようになって、三月の検定《けんてい》では、二級《きゅう》に合格《ごうかく》しようと思っていた。いっしょになわとびの練習《れんしゅう》するのは、何人かの女子だ。安則《やすのり》と良樹《よしき》がくわわることもある。

二人はドッジボールをすることも多かったが、ときどきしない日もあった。そんな日は、鉄平《てっぺい》に声をかけられると、

「きょうは陽太《ようた》と遊《あそ》ぶからやめとく」

と、ちゃんとことわるようになった。鉄平《てっぺい》はおもしろくなさそうな顔をしたが、それ以上《いじょう》強くはさそわなかった。

それでいいんだ、と陽太《ようた》は思った。いつだって、鉄平《てっぺい》たちのいいなりになることはないんだから。やりたいときはやる。やりたくないときには、やらない。

そんなある日、たまたま中休みに外に出そびれた陽太《ようた》は、教室の窓《まど》から校庭《こうてい》

を見た。

するとドッジボールのコートから、二メートルほどはなれたところに、武《ぶ》士《し》ちゃんがぽつんと立っているのが目に入った。しばらく見ていると、武《ぶ》士《し》ちゃんは外野がとりそこねたボールをひろっては、また外野に投《な》げかえしている。あれじゃあ、ただのボールひろいだ。

なぜ武《ぶ》士《し》ちゃんがそんなことをしているのか、その日たまたま教室に残《のこ》っていた安則《やすのり》に聞いてみた。

はじめは武《ぶ》士《し》ちゃんも、コートの中に入って、ドッジボールをやっていたそうだ。ところが、武《ぶ》士《し》ちゃんはゲームにくわわっても、体がデカいから、たいてい一発目《ぱつめ》のボールで、当てられてしまう。それで、とうとう、「もう最初《さいしょ》から外野にいろよ」と鉄平《てっぺい》にいわれたらしい。

けれど、外野にいても、武《ぶ》士《し》ちゃんは強いボールがとれないので、とりそこねたボールは遠くにころがっていってしまう。そのたびに、ゲームが中断《ちゅうだん》する。

結局《けっきょく》、武《ぶ》士《し》ちゃんは、少しはなれたところで、ただボールひろいだけしてれば

いいといわれたんだそうだ。

ただボールをひろうなんて、おもしろくもなんともない。それに、外野の人が、たいていボールをとってしまうので、めったに武士《ぶし》ちゃんのところにボールがくることもない。この真冬《まふゆ》にただつっ立っているなんて、さむいだけだ。陽太《ようた》は見るに見かねて、あるとき、とうとう武士《ぶし》ちゃんにいってみた。もちろん、鉄平《てっぺい》と健人《けんと》がまわりにいないのを、ちゃんとたしかめてから。

「いやなら、ドッジボールなんてしなくたっていいんだぜ。やめちゃえよ」

ところが、武士《ぶし》ちゃんは陽太《ようた》から目をそらして、

「ううん。いいんだ」

といっただけだった。そして、それからも中休みになると、ボールひろいをつづけた。

武士《ぶし》ちゃんは、完全《かんぜん》に鉄平《てっぺい》のけらいになっていた。それも、みんなといっしょに戦《たたか》わせてもらえない、一番下っぱのけらいだ。

武士《ぶし》ちゃんがいいなら、それでいいか、と陽太《ようた》は考えた。だいたい、鉄平《てっぺい》た

ちにさからったり、いうことを聞くのをやめようとしたら、ある程度《ていど》、いやな目や痛《いた》い目にあうかくごをしなくちゃできない。それは、保育園《ほいくえん》のときから長いつき合いがある陽太《ようた》が、一番よく知っている。

そして、そんな目にあうのなんていやだ、と思えば、あとはただ、ハイハイということを聞くしかない。

けれど、二月に入って、節分《せつぶん》の日が近づいてくると、武士《ぶし》ちゃんがこのままずっと、鉄平《てっぺい》たちのけらいでいていいんだろうか、と陽太《ようた》はたびたび考えるようになった。

節分《せつぶん》のつぎの日は立春《りっしゅん》だ、と母さんが教えてくれた。まださむいけど、立春《りっしゅん》をさかいに、だんだんと春にむかっていく。

春といえば、カメゴンが目をさます季節《きせつ》だ。鉄平《てっぺい》と健人《けんと》が、武士《ぶし》ちゃんの家に入りびたっているときに、カメゴンが目をさましたら、どうなるか。

武士《ぶし》ちゃんだって、あの二人がカメゴンのことを知ったら、こまることが起《お》こりそうだと、もう気づいているだろう。二人に見られないようにするためには、カメゴンは家の中では遊《あそ》ばせられない。外や川でも遊《あそ》ばせられない。カメゴンはベランダのケースの中で、じっとしていなくちゃならない。

五年生でクラスがえがあれば、まだ鉄平《てっぺい》や健人《けんと》と別《べつ》のクラスになる可能性《かのうせい》もある。そうしたら、一か月間だけ、カメゴンにがまんさせればいい。

ところが、陽太《ようた》の学校では、卒業《そつぎょう》するまでずっと、クラスがえはないのだ。あとまるまる二年も、カメゴンは一番外で遊《あそ》びたい季節《きせつ》に、ほとんどケースの中にとじこもっていなくちゃならなくなる。それは、いくらなんでもひどすぎる。カメゴンがかわいそうだ。そんなことは、武士《ぶし》ちゃんだっていやに決《き》まってる。

それじゃあ、どうすればいいんだ……。

と陽太《ようた》が考えて、出したこたえはこうだった。

武士《ぶし》ちゃんが、鉄平《てっぺい》たちのけらいでいるのをやめるしかない。

11

作戦《さくせん》を練《ね》る

陽太《ようた》はそれから、武士《ぶし》ちゃんをけらいからぬけださせるにはどうしたらいいか、真剣《しんけん》に作戦《さくせん》を考えはじめた。

いったんけらいになった人間が、ふつうの人にもどるなんて、どう考えてもかんたんにはいきそうもない。いくらけらいがやめたくても、とのさまのほうでやめさせないからだ。

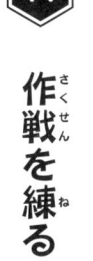

一番手っとり早いのは、武士《ぶし》ちゃんが自分の思っていることをはっきりいうことだ。ドッジボールもしたくないし、放課後《ほうかご》も鉄平《てっぺい》たちと遊《あそ》びたくないから、もう家にはこないでほしいと。

だけど、武士《ぶし》ちゃん本人がそんなことといえるかっていったら……、やっぱり、いえないよなあ。それがいえるくらいなら、とっくのむかしにいってるだろう。ドッジボールで、ボールひろいだけするなんて、いやに決《き》まってるんだから。

つぎに陽太《ようた》は、正々堂々《せいせいどうどう》とケンカするっていうのはどうだ、と考えた。もちろん、二対《たい》一じゃ勝《か》ち目はないから、陽太《ようた》が武士《ぶし》ちゃんの側《がわ》につく。鉄平《てっぺい》と健《けん》人《と》対《たい》、武士《ぶし》ちゃんと陽太《ようた》。二対《たい》二の戦《たたか》いなら、もしかしたら、勝《か》ち目はあるかもしれない。陽太《ようた》一人では、まったくたちうちできないが、武士《ぶし》ちゃんはとにかく体はチョー特大《とくだい》だし、力も強い。

しかし、やはり、これも無理《むり》だと思いかえした。売られたケンカならともかく、先に腕力《わんりょく》で立ちむかっていくなんて、陽太《ようた》にも、武士《ぶし》ちゃんにもできっこない。

陽太《ようた》がそんなことを考えているうちにも、季節《きせつ》は少しずつ春へと近づいていった。

二月に入って二週目、火曜日の休み時間に、陽太《ようた》は教室の窓《まど》から、校庭《こうてい》で

ドッジボールをしているみんなを見おろしながら、考えていた。

武士《ぶし》ちゃんはあいかわらず、外野から二メートルくらいはなれた後ろで、つっ立っている。

コートから一人だけはなれているので、サッカーボールを追《お》いかけている年上の生徒《せいと》たちから、じゃまだという顔をされている。

あの位置関係《いちかんけい》がまずいよな、と陽《よう》太《た》は思った。

武士《ぶし》ちゃんがあそこに立っていてもいいと思っているかぎり、とのさまとけらいの関係《かんけい》からはぬけだせない。せめて武士《ぶし》ちゃんも、みんなといっしょにゲームに参加《さんか》しなくちゃ。

それじゃあ、ある日とつぜん、武士《ぶし》ちゃんもドッジボールにくわわったらどうだ、と陽太《ようた》は考えた。

その場合、これまでとおなじプレーをしたのでは、武士《ぶし》ちゃんはただボールを当てられて、あっというまにおしまいだ。くわわるのなら、これまでより強くなっていなくちゃならない。

そして、そのときには、とうぜん陽太《ようた》も助《すけ》っ人《と》としてドッジボールにくわわる。もちろん、健人《けんと》も鉄平《てっぺい》の味方《みかた》につくだろうから、陽太《ようた》と武士《ぶし》ちゃんのほうに、あと何人か引き入れて、鉄平《てっぺい》チームと戦《たたか》うのだ。

もし鉄平《てっぺい》チームをやっつけることができたら、鉄平《てっぺい》たちも武士《ぶし》ちゃんのことを少しは見直すだろう。武士《ぶし》ちゃんも自分の思ってることをもうちょっとはっきりいえるようになるんじゃないか。そうすれば、けらいからぬけだせるかもしれない。

けれど、その作戦《さくせん》を成功《せいこう》させるには、武士《ぶし》ちゃんをきたえて、もっとドッジボールがうまくなるようにしなくちゃダメだ。もともと武士《ぶし》ちゃんは、ボールを投《な》げるのはいい線《せん》いっているんだから、あとはボールをちゃんととれるようになればいいのだ。

それを教えてあげよう、と陽太《ようた》は思った。特訓《とっくん》するのだ。

でも、鉄平《てっぺい》たちに知られずに特訓《とっくん》なんてできるだろうか。まず、それが問題《もんだい》だった。さらにもっと大きな問題《もんだい》は、武士《ぶし》ちゃんがこの計画《けいかく》にのってくるかどうかだ。

特訓《とっくん》するのは、毎週日曜日に決《き》めた。

鉄平《てっぺい》と健人《けんと》は野球《やきゅう》チームに入っていて、日曜は一日中、野球《やきゅう》の練習《れんしゅう》や試合《しあい》をしている。とうぜん、二人とも武士《ぶし》ちゃんの家にこない。

二人は、土曜日の午後も野球《やきゅう》をしているが、陽太《ようた》もその日はスイミングがある。カメゴンが目をさます三月まで、あと一か月もないので、できれば土、日の両方《りょうほう》をつかって特訓《とっくん》したいところだけど、日曜日だけでやるしかない。

二月二週目の土曜日、陽太《ようた》はスイミングにいく前に、武士《ぶし》ちゃんの家によった。

武士《ぶし》ちゃんは玄関《げんかん》に出てくるなり、

「あっ、陽太《ようた》くん」

と、ひさしぶりにうれしそうな顔をした。

そのあとすぐに、

「家に入って遊《あそ》ぶ？」

と聞いたのは、きょうは鉄平《てっぺい》と健人《けんと》がこないのを、武士《ぶし》ちゃんも知っているからだろう。

「ゴメン。きょうこれからスイミングなんだ」

陽太《ようた》がいうと、武士《ぶし》ちゃんはガッカリした顔をした。

陽太《ようた》はそれを見て、もしかしたら見こみがあるかもしれない、と期待《きたい》した。

「きょうはダメだけど、あしたは遊《あそ》べる。あした、二人でドッジボールの練習《れんしゅう》しないか」

「えー、ドッジボール？」

武士《ぶし》ちゃんは、見るからにいやそうな顔をした。

でも、そんなことで、あきらめてはいられない。

「武士《ぶし》ちゃんがドッジボールが強くなるように、ぼくと特訓《とっくん》しよう。これから毎週、日曜日に練習《れんしゅう》しようぜ」

武士《ぶし》ちゃんは、こまったようすで、「うん」とも「いや」とも返事《へんじ》をしない。

陽太《ようた》はかまわずつづけた。

「それで、三月のはじめには、鉄平《てっぺい》と健人《けんと》たち相手《あいて》に、ドッジボールで戦《たたか》おう。もしぼくと武士《ぶし》ちゃんがその試合《しあい》に勝《か》てば、あいつら好《す》き勝手《かって》できなくなると思うんだ」

武士《ぶし》ちゃんは、ずっとだまったままだ。さらに、陽太《ようた》が、

「このままじゃ、カメゴンが目をさましても、思いっきり外で遊《あそ》ばせてやれないだろう」

というと、武士《ぶし》ちゃんははじめて、小さくうなずいた。

「特訓《とっくん》して勝《か》とうぜ。もうスイミングの時間だから、いかなくちゃ。あした、なかよし広場で十時に待《ま》ってる」

陽太《ようた》はそういうと、武士《ぶし》ちゃんの返事《へんじ》も聞かずに、大いそぎで階段《かいだん》をかけおりた。

あした、はたして武士《ぶし》ちゃんは、なかよし広場にやってくるだろうか。

特訓《とっくん》する場所《ばしょ》を、なぜ陽太《ようた》が住《す》んでいるマンションのとなりの公園ではなくて、なかよし広場にしたかというと、そこは陽太《ようた》たちの小学校の学区域《がっくいき》じゃないからだ。

できれば、鉄平《てっぺい》や健人《けんと》だけでなく、クラスのだれにも見られずに特訓《とっくん》をしたい。もし、だれかに見られたら、そいつから鉄平《てっぺい》たちにつたわってしまうかもしれない。そう考えると、学区域《がっくいき》はさけたほうがいい。

武士《ぶし》ちゃんはドッジボールが得意《とくい》じゃない。そのドッジボールで、鉄平《てっぺい》と健《けん》人《と》を相手《あいて》に戦《たたか》うのは、勇気《ゆうき》がいることだ。ある程度自信《ていどじしん》がつくまでは、だれにも知られずに、練習《れんしゅう》を積《つ》みたかった。

今まで、さんざん鉄平《てっぺい》たちと戦《たたか》いをくりかえしてきた陽太《ようた》だって、まったくビビらないといえば、ウソになる。でも、カメゴンのためだ。がんばって勇気《ゆうき》を出して、あの二人にドッジボールでいどむのだ。

万が一負《ま》けたら、とんでもないことが起《お》こるような気もするが、今は先のことは考えない。もし勝《か》てば、それまでとはなにかがかわると信《しん》じて、やるしかない。

12

特訓開始《とっくんかいし》

日曜日の朝、十時。

陽太《ようた》がボールを持《も》って、なかよし広場にいくと、武士《ぶし》ちゃんがブランコにのって、ゆらゆらゆれていた。

よかった。やっぱりきたんだ。ここに武士《ぶし》ちゃんがこなかったら、なにもはじまらない。

陽太《ようた》はホッとしながら、

「やあ」

というと、

「おはよう」

と武士《ぶし》ちゃんは、力なく笑《わら》った。

「ぼく、ボールとるの苦手《にがて》なんだ」

「知ってるよ。だから、練習《れんしゅう》するんじゃないか」

「うん。そうだね。でも、もしできなかったら？」

「そのときには、やめればいいんだよ。まだやるって、あいつらにいったわけじゃないんだから」

まずは、武士《ぶし》ちゃんを安心《あんしん》させて、練習《れんしゅう》をやりはじめるのがかんじんだ。そのあとのことは、それから考えればいい。


そして、特訓《とっくん》がはじまった。二人しかいないので、できることはボールの投《な》げ合いだ。

あんのじょう、武士《ぶし》ちゃんは強いボールを投《な》げてくる。

「いいぞ。そのボールなら相手《あいて》をやっつけられる」

ところが、これも予想《よそう》通りだったが、ボールがとれない。なぜとれないか、何回かボールを投《な》げ合ううちに、すぐに陽太《ようた》にもわかった。ボールをこわがるからだ。こわがるために、ボールから目をそらしてしまう。ボールをちゃんと見ていなければ、とりようがない。

「ボールは当たると痛《いた》いけど、とってしまえば、大して痛《いた》くないんだぜ」

と陽太《ようた》はいった。が、とるのがこわいヤツに、そんなことをいってみてもはじまらない。

つぎに、よける練習《れんしゅう》をした。

よけるときは、ボールに当たらないように、体を左右に動《うご》かしたり、場合によっては、かがみこむ。そのためには、とるときとおなじで、ボールを最後《さいご》まで見ていなくちゃならない。

ところが、武士《ぶし》ちゃんはその場につっ立ったまま、目をつぶって首をすくめたり、顔をそむけたりしてしまうのだ。

そこで陽太《ようた》は、最初《さいしょ》のうちは、ゆるいボールを投《な》げるから、ボールから絶対《ぜったい》に目をはなさないように、と武士《ぶし》ちゃんにいった。

武士《ぶし》ちゃんがうまくよけられるようになっていくにつれ、陽太《ようた》は少しずつ強いボールを投《な》げるようにした。

武士《ぶし》ちゃんは、自分がよけたボールを、走ってとりにいくので、ふうふういっていた。

そのあと二人は、ボールを投《な》げ合って、とる練《れん》習《しゅう》をした。弱いボールは手のひらでとる。強いボールはそれだとはじか

れてしまうので、胸《むね》でうけ、うででかかえるようにしてとる。

それと、大事《だいじ》なのはとるときの姿勢《しせい》だ。ただつっ立っていると、下のほうのボールはとれない。いつも少し足を開《ひら》いて、ひざをやわらかくして、少し低《ひく》い姿勢《しせい》になる。


二回、三回と日曜日の特訓《とっくん》はつづいた。武士《ぶし》ちゃんが、いつやめるっていいだすかなあと、陽太《ようた》は心配《しんぱい》していた。けれど、毎週日曜日に、武士《ぶし》ちゃんはかならずなかよし広場にやってきた。

一方、学校では、あいかわらず武士《ぶし》ちゃんはボールひろい専門《せんもん》で、ドッジボールにくわわっている。

でも、それでいい。試合《しあい》本番で、いきなりうまくなっていて、敵《てき》をおどろかせるのだ。

実際《じっさい》に武士《ぶし》ちゃんは、よけるのも、ボールをとるのも、だんだんとうまくなってきた。しかし、鉄平《てっぺい》と健人《けんと》と対等《たいとう》に戦《たたか》うところまでは、なかなかいきつけない。

そして、とうとう三月一週目の日曜日、最後《さいご》の特訓《とっくん》の日になった。きょう四回目の特訓《とっくん》をおえたら、その週のうちに、本番の試合《しあい》をやるつもりだった。あと何回特訓《とっくん》をくりかえしても、鉄平《てっぺい》たちのレベルには追《お》いつかない。春までにもう時間がないので、武士《ぶし》ちゃんの今の力で戦《たたか》うしかない。

陽太《ようた》はそのための作戦《さくせん》を考えた。武士《ぶし》ちゃんが今までよりもドッジボールが強くなったことを、敵《てき》が知らないうちに、速攻《そっこう》をしかけよう。

武士《ぶし》ちゃんはボールをよけるのがうまくなった。とるのは、ふつうくらいの強さのボールなら、ほぼ完《かん》ぺき。強いボールだと、とりやすいところに投《な》げればとれるけど、とりにくい場所《ばしょ》だと、とれない。

特訓《とっくん》をはじめたとき、陽太《ようた》は、武士《ぶし》ちゃんが鉄平《てっぺい》や健人《けんと》の強力なボールをとって、相手《あいて》がおどろいているすきに、ボールを投《な》げかえして当てるという流《なが》れを考えた。それこそが、理想的《りそうてき》な戦術《せんじゅつ》だ。

けれど、これは修正《しゅうせい》をしないとダメだ。たったの四回の特訓《とっくん》では、そこまではうまくならなかった。

そして、考えついたのは、強くてとれそうもないボールは、よける。そして、とれるボールがきたときこそ、チャンスだ。さっととって、すばやく相手《あいて》に投《な》げて、当てる。すばやくというのが、かんじんだ。武士《ぶし》ちゃんがとったのを見て、敵《てき》がおどろいているすきに攻撃《こうげき》する。

そのために一番必要《ひつよう》なことは、武士《ぶし》ちゃんがボールをよく見分けることだ。強いボールか、弱いボールか。よけるか、とるかを一瞬《いっしゅん》のうちに判断《はんだん》しないと、この作戦《さくせん》は成功《せいこう》しない。

四回目、最後《さいご》の日は、その練習《れんしゅう》をおもにやることにした。

ところが、これはけっこうむずかしいことがわかった。陽太《ようた》がゆるいボールを何回かつづけて投《な》げると、つぎに強いボールを投《な》げたときにも、武士《ぶ し》ちゃんはとろうとするのだ。けれど、とれなくて、ボールを落《お》としてしまう。

それじゃあ、ダメだと思って、今度《こんど》は陽太《ようた》が強いボールを何回か投《な》げる。すると、武士《ぶし》ちゃんは、あいだで弱いボールを投《な》げたときでも、よけてしまうのだ。

しばらく、練習《れんしゅう》をつづけているうちに、武士《ぶし》ちゃんは見るからにつかれてきた。よけたボールを、走ってとりにいっても、帰りは歩いてもどるようになった。ジャンパーをぬいで、スウェットシャツ一枚《まい》しか着《き》ていないのに、汗《あせ》もかいている。

「少し休もう」

と陽太《ようた》がいうと、

「うん」

と武士《ぶし》ちゃんは、うれしそうにうなずいた。そして、すぐにリュックの中から、チョコクッキーとお茶をとりだした。

陽太《ようた》は、武士《ぶし》ちゃんといっしょにクッキーを食べながら、どうしようかなあと考えていた。

このままじゃ、勝《か》てる見こみなんて、ほとんどない。もともと、武士《ぶし》ちゃんと組んで、鉄平《てっぺい》と健人《けんと》を相手《あいて》にドッジボールで戦《たたか》って勝《か》とうなんて、無理《むり》だったんだ。やっぱり、試合《しあい》なんてやめたほうがいいか。

どうしたらいいかわからなくて、陽太《ようた》は空を見あげた。太陽《たいよう》がまぶしかった。ついこのあいだまでは、ベンチにすわっているとふるえるほどさむかった。ところが、きょうはポカポカとして、日ざしがあたたかい。もう春だなあと思った。春がやってきたんだ。

「きょうあたり、カメゴン外に出てくるかもしれないな」

武士《ぶし》ちゃんも、おなじことを感《かん》じていたらしい。

「帰りに見にいってもいい？」

陽太《ようた》が聞くと、武士《ぶし》ちゃんは、

「うん」

とうなずいた。

それから、二人はしばらく、ボールを投《な》げ合う練習《れんしゅう》をした。が、鉄平《てっぺい》たち相《あい》手《て》に戦《たたか》うのなんかやめようか、とまよいだしたあとでは、練習《れんしゅう》にも熱《ねつ》が入らなかった。


その日の特訓《とっくん》の帰りのことだ。陽太《ようた》は武士《ぶし》ちゃんの家によった。日曜日なので、武士《ぶし》ちゃんのお父さんとお母さんも家にいた。

「カメゴンを見せてもらいにきました」

と陽太《ようた》がいうと、お母さんは、

「いつもカメゴンをかわいがってくれて、ありがとう。さっきからなにかカサコソ音がしてるわよ」

といった。

それを聞くと、武士《ぶし》ちゃんと陽太《ようた》は、あわててベランダに出た。

「うわっー」

と武士《ぶし》ちゃんが、うれしそうな声をあげた。

カメゴンは枯《か》れ葉《は》の中から顔だけ出して、外を見ていた。枯《か》れ葉《は》とおなじような色なので、よく見ないとカメゴンだと気づかない。

しばらく、二人でカメゴンのケースをのぞきこんでいると、カメゴンは枯《か》れ葉《は》の中に、またかくれてしまった。それっきり、もう顔を出すことはなかった。

「カメゴン、あと何日かで、完全《かんぜん》に外に出てくるよ」

と武士《ぶし》ちゃんはいった。

その瞬間《しゅんかん》、陽太《ようた》の心からまよいが消《き》えた。

「今週鉄平《てっぺい》たちと、ドッジボールの試合《しあい》をしようぜ」

武士《ぶし》ちゃんは少し考えこんだあとで、決心《けっしん》したように、うなずいた。

「うん。わかった」

13

勝負《しょうぶ》

鉄平《てっぺい》や健人《けんと》たちと、ドッジボールで戦《たたか》うのは、火曜日に決《き》めた。月曜日の一、二時間目は図工なので、あとかたづけなどに時間がかかることがあるからだ。

当日は、すばやく行動《こうどう》しなくちゃならない。休み時間のチャイムが鳴って、だれかがボールを持《も》って外に出ていったら、陽太《ようた》はそのあとにぴたりとついていく。ここで出おくれると、試合《しあい》にいどむどころか、ドッジボールに参加《さんか》することさえできなくなる。

きっと以前《いぜん》のように、チームは、ほぼおなじ人数になるように分かれるだろう。できれば、自分たち二人の味方《みかた》になってくれる人が、おなじチームに入ってくれるといい。そこで目をつけたのは、安則《やすのり》と良樹《よしき》だ。

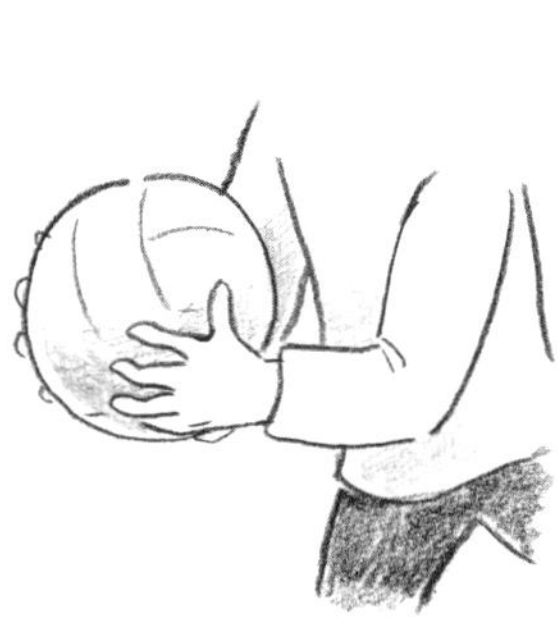

火曜日の朝、陽太《ようた》は二人がいっしょにいるときを見はからって、こっそりとたのんだ。

「きょうの休み時間、ドッジボールで鉄平《てっぺい》たちと戦《たたか》うんだ。武士《ぶし》ちゃんもいっしょに。ヤッちゃんと良樹《よしき》も、ぼくらのチームに入ってくれないか?」

二人とも、陽太《ようた》がなにをしようとしているか、すぐに気がついたみたいだ。

安則《やすのり》は、

「オッケー」

とうなずいた。良樹《よしき》も、

「ようし。やってやろうじゃないか」

と、こぶしをにぎってガッツポーズをした。心強い味方《みかた》だった。

休み時間を知らせるチャイムが鳴った。

「健人《けんと》、ボールとってこい。武士《ぶし》いくぞ」

なにも知らない鉄平《てっぺい》が、二人に命令《めいれい》した。

校庭《こうてい》に出たら、すぐに健人《けんと》と高史《たかふみ》、知明《ともあき》、正也《まさや》の四人が、くつでコートをかきはじめた。陽太《ようた》は、それを近くで見ていた。

コートがかきあがると、鉄平《てっぺい》がかたほうのコートに入った。もうかたほうのコートに健人《けんと》が入ろうとしたとき、一瞬《いっしゅん》早く陽太《ようた》が、そちらのコートに入った。

「きょうは、ぼくも入るぜ」

陽太《ようた》がいうと、すぐに、

「ぼくも陽太《ようた》のチームに入る」

と、良樹《よしき》が名のりをあげた。

いつもなら、鉄平《てっぺい》の対戦《たいせん》チーム

のキャプテンをしている健人《けんと》が、どうしようというように、キョロキョロとあたりを見まわした。

「ぼくもこっちに入るよ」

と、安則《やすのり》も陽太《ようた》のチームに入ったところで、

「おい、健人《けんと》。こっちにこい」

と、鉄平《てっぺい》が大声でよんだ。

健人《けんと》は首をかしげながら、鉄平《てっぺい》のほうのコートに入った。

それと同時に、武士《ぶし》ちゃんが陽太《ようた》のコートに入ろうとすると、

「武士《ぶし》、おまえは外野にいけ」

と、鉄平《てっぺい》が命令《めいれい》した。

武士《ぶし》ちゃんは首をふった。

「ぼくも、きょうは内野に入ってドッジボールをする」

それを聞いたとたん、鉄平《てっぺい》の表情《ひょうじょう》がけわしくなった。

そのあと、春生《はるお》と隆《たかし》が陽太《ようた》のチームに入り、高史《たかふみ》、知明《ともあき》、正也《まさや》、広海《ひろみ》、豪《ごう》が

鉄平《てっぺい》のチームに入った。六人対《たい》七人。陽太《ようた》チームのほうが分《ぶ》が悪《わる》いがしかたない。

陽太《ようた》が、

「ジャンケンしようぜ」

と鉄平《てっぺい》チームに声をかけた。

あきらかにふゆかいそうな顔をした鉄平《てっぺい》がジャンケンをして、勝《か》った。ボールは敵側《てきがわ》にわたった。

試合《しあい》がはじまった。陽太《ようた》は正面《しょうめん》をむいたまま、コートの後ろに移動《いどう》しながら、いった。

「武士《ぶし》ちゃん、ぼくのそばからはなれるな」

スタートと同時に、敵《てき》は武士《ぶし》ちゃんをねらってくるだろう。一番当てやすいし、鉄平《てっぺい》は、命令《めいれい》にしたがわなかった武士《ぶし》ちゃんに腹《はら》を立てている。

予想《よそう》通り、真《ま》っ先《さき》に鉄平《てっぺい》のボールが、武士《ぶし》ちゃん目がけてとんできた。陽太《ようた》は、武士《ぶし》ちゃんの前にさっと出ると、ボールをとった。

鉄平《てっぺい》をねらいたいところだけど、やめて、健人《けんと》に投《な》げる。健《けん》人《と》はボールをとって、また武士《ぶし》ちゃんに投《な》げた。

いいぞ、いいぞ。武士《ぶし》ちゃんをねらったボールは、ぜんぶとってやる。武士《ぶし》ちゃんは、あいかわらずドッジボールが下手《へた》だと思わせておくのだ。

陽太《ようた》は、武士《ぶし》ちゃん目がけて投《な》げてきたボールをすべてとると、つぎつぎに、高史《たかふみ》、正也《まさや》、知明《ともあき》に当てて、外野に出した。

すると、敵側《てきがわ》も良樹《よしき》、春生《はるお》、

隆《たかし》をねらってボールを当てた。

そこで陽太《ようた》チームは、もと外野だった安則《やすのり》が中に入った。鉄平《てっぺい》チームも、広《ひろ》海《み》と豪《ごう》が入ってきた。

陽太《ようた》が広海《ひろみ》に当てて外野に出した。安則《やすのり》も当てられたが、すぐに豪《ごう》を当てて、生きかえった。でも、コートの中には入らず、そのまま外野にいつづけた。

今、陽太《ようた》チームのコートの中には陽太《ようた》と武士《ぶし》ちゃんの二人、相手《あいて》チームのコートには、鉄平《てっぺい》と健人《けんと》の二人がいる。二対《たい》二の決戦《けっせん》。ここからが勝負《しょうぶ》だ。

陽太《ようた》が鉄平《てっぺい》に投《な》げると、鉄平《てっぺい》はボールをとって、陽太《ようた》にむかって投《な》げかえしてきた。その瞬間《しゅんかん》から、陽太《ようた》と鉄平《てっぺい》の一騎《いっき》打《う》ちになった。ボールは何度《なんど》もいったりきたりした。

ところが、つぎも陽太《ようた》がボールをとろうと身《み》がまえていると、鉄平《てっぺい》はさっと体のむきをかえて、武士《ぶし》ちゃんのほうにボールを投《な》げた。

あっと思って、陽太《ようた》は少しはなれたところにいる武士《ぶし》ちゃんの前に出ようとした。が、一瞬《いっしゅん》おくれたために、安定《あんてい》した体勢《たいせい》がとれないまま、ボールをうけることになった。ボールは手のひらではじかれ、地面《じめん》に落《お》ちた。

陽太《ようた》が外野に出るのと交代《こうたい》して、安則《やすのり》がコートの中に入った。

武士《ぶし》ちゃんは、陽太《ようた》が当たったボールをひろうと、外野にいる良樹《よしき》にむかって投《な》げた。つぎに、良樹《よしき》が健人《けんと》にむかってボールを投《な》げる。

健人《けんと》はボールをとると、まよわず武士《ぶし》ちゃんにむかって、思いきり投《な》げつけた。

よし。とれ、武士《ぶし》ちゃん。とるんだ。陽太《ようた》は心の中で叫《さけ》んだ。

つぎの瞬間《しゅんかん》、ボールは武士《ぶし》ちゃんの胸《むね》に、まっすぐにすいこまれるようにして、止まった。

敵《てき》チームから、

「うわっ」

とビックリしたような声があがった。

武士《ぶし》ちゃんはニッと笑《わら》う。よほどうれしいんだろう。でも、笑《わら》うのはあとにして、すぐに投《な》げろ。

けれども、武士《ぶし》ちゃんはぜんぜんいそがず、健人《けんと》にむかってボールを投《な》げた。ゆるく見えたわりには、強力なボールだった。健人《けんと》はボールをとりそこねて、落《お》としてしまった。

味方《みかた》からも、敵《てき》からも、

「えーっ」

という声があがった。

陽太《ようた》は思わず両手《りょうて》をにぎって、ガッツポーズをした。

武士《ぶし》ちゃん、すごいぞ。やったな。こりゃあ理想《りそう》通りの展開《てんかい》だぜ。

ところが、よろこんでいられたのもそこまでだった。

ボールを鉄平《てっぺい》がひろった。鉄平《てっぺい》はそうとう頭にきているのがわかった。ボールを思いきり力をこめて、武士《ぶし》ちゃん目がけて投《な》げつけた。

ダメだ、武士《ぶし》ちゃん。これは強すぎる。よけろ。

武士《ぶ》《し》ちゃんは、ボールをちゃんと見ていた。だいじょうぶ、よける。と陽太《ようた》が思ったそのとき、

「バスッ」

と武士《ぶし》ちゃんの体にボールが当たる音がした。

武士《ぶし》ちゃんはよけなかった。胸《むね》とうでで必死《ひっし》にボールをうけようとして、いったんはとったように見えた。が、ボールは武士《ぶし》ちゃんのうでの中におさまらず、ポロリと地面《じめん》に落《お》ちてしまった。

ああ、残念《ざんねん》。もうちょっとで、鉄平《てっぺい》の最強《さいきょう》のボールがとれたとこだったのに。

武士《ぶし》ちゃんが外野に出たところで、

キーンコーン、カーンコーン

チャイムが鳴った。休み時間がおわったのだ。

内野に残《のこ》った人数は、陽太《ようた》チームは安則《やすのり》、鉄平《てっぺい》チームは鉄平《てっぺい》。一人対《たい》一人で、引き分けだった。

最後《さいご》に、陽太《ようた》はボールを持《も》つのをわすれなかった。かたづけるためだ。ここで、鉄平《てっぺい》たちがボールを手にしたら、このあとまたなにをされるかわからない。

14

戦《たたか》いのあと

ほんとうのところ陽太《ようた》は、鉄平《てっぺい》と健人《けんと》相手《あいて》にドッジボールで戦《たたか》ったあとどうなるかなんて、見当もつかなかった。

武士《ぶし》ちゃんは、ドッジボールでボールひろいばかりしなくてもよくなるのか。

鉄平《てっぺい》と武士《ぶし》ちゃんは、とのさまとけらいじゃなくなるのか。

もし勝《か》てば、いろんなことはうまくはこぶように、陽太《ようた》には思えた。

ところが、引き分けだった。

でも、勝《か》ったとか引き分けだとか、そんなことは関係《かんけい》ないのかもしれない。

武士《ぶし》ちゃんは健人《けんと》のボールをとって、相手《あいて》に当てた。鉄平《てっぺい》のボールは、おしくもとれなかったが、ただ顔をそらして当たったんじゃない。最後《さいご》までボール

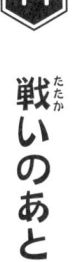

を見て、逃《に》げずにとろうとしてボールを落《お》としたのだ。

武士《ぶし》ちゃんは、最後《さいご》は当たってしまったけど、鉄平《てっぺい》や健人《けんと》と、正々堂々《せいせいどうどう》と戦《たたか》った。これなら、勝《か》てなかったとしても、いやなことは「いや」といえるんじゃないか。

それなのに、あのドッジボールの戦《たたか》いのあと、どうなったか。

すでに、あれから一週間以上《いじょう》たつが、武士《ぶし》ちゃんはあいかわらず、休み時間になると、鉄平《てっぺい》に命令《めいれい》されてドッジボールをしている。

外野にいるのも、前とおなじだ。少しだけちがったのは、前は外野でも、コートから二メートルもはなれたところで、ボールひろいをしていたのが、今は一メートルくらいに近づいたことくらいか。結局《けっきょく》、まだけらいのままだ。

わからないよなあ、と陽太《ようた》はそれを見て思うのだった。けらいじゃなくなるには、ドッジボールの試合《しあい》で引き分けたくらいじゃダメだっていうことか？

そして、陽太《ようた》といえば、休み時間になると、前とおなじようになわとびの練《れん》習《しゅう》をしている。

ちがったことといえば、女の子たちだけでなく、安則《やすのり》と良樹《よしき》もいっしょになわとびの練習《れんしゅう》をするようになったことだ。

あの決戦《けっせん》の日以来《いらい》、中休みには、二人は ドッジボールをしないで、陽太《ようた》と遊《あそ》んでいる。二人ともなわとびの検定《けんてい》で二級《きゅう》に合格《ごうかく》できなかったので、今度《こんど》こそ合格《ごうかく》しようとはりきっていた。

陽太《ようた》だけは、見ごと二級《きゅう》に合格《ごうかく》した。四年一組で、たった一人の合格者《ごうかくしゃ》だ。でも、二級《きゅう》に合格《ごうかく》したことより、安則《やすのり》、良樹《よしき》といっしょに遊《あそ》べるようになったことのほうがずっとうれしい。つまりそれは、二人が鉄平《てっぺい》のけらいでいるのをやめた、ということだからだ。

けらいがだれもいなくなれば、とのさまはとのさまでいられなくなる。陽太《ようた》と安則《やすのり》と良樹《よしき》、たったの三人じゃまだ足りないけど、一人だったときにくらべれば、状況《じょうきょう》はずいぶんよくなった。

一番けらいからぬけだしてほしい武士《ぶし》ちゃんが、いまだにけらいでいるのは残念《ざんねん》だけど、もう少し時間をかければ、なにかまたいい方法《ほうほう》を思いつくかもしれない。

けれど、それまで待《ま》っていられないので、陽太《ようた》はつぎの日曜日には、武士《ぶし》ちゃんの家にいってみようと考えていた。カメゴンがもう起《お》きたかもしれないから。

その週の金曜日のことだ。

授業《じゅぎょう》がおわったあと、陽太《ようた》は一人で家に帰ろうとしていた。

あたたかな日だった。こんなにあたたかいんだから、あさっての日曜日などといわず、あしたのスイミングの前に、ちょっとだけ武士《ぶし》ちゃんの家によってみようか。もしかしたら、カメゴンの顔が見られるかもしれない。そのときのことを想像《そうぞう》するだけで、陽太《ようた》の顔には笑《わら》いがうかんだ。

けれど、楽しい想像《そうぞう》の世界《せかい》は、とつぜんこわされた。いきなり、目の前二メートルほど前方に、鉄平《てっぺい》があらわれて、陽太《ようた》の前に立ちふさがったのだ。

陽太《ようた》はドキッとしたけど、ここであたふたと逃《に》げるってわけにはいかない。動揺《どうよう》したのに気づかれないよう、陽太《ようた》はできるだけなんでもないようにいった。

「このあいだのドッジボールは、ひさしぶりに楽しかったよ」

「そうか。楽しかったか。あのときのつづきをやろうと思って、おまえのこと待《ま》っててやったんだぜ」

ヤバい。ヤバいよ。いきなりあらわれるなんて、やっぱり待《ま》ちぶせしてたんだ。でも、鉄平《てっぺい》の話になんかのったら、なにが起《お》こるかわからない。

「じゃあ、今度《こんど》また休み時間にドッジボールやろうぜ」

陽太《ようた》はそういって、さりげなくいきすぎようとした。

ところが、鉄平《てっぺい》は陽太《ようた》に体をむけたまま、あとずさりした。今ここで逃《に》がしたりはしないぞ、というように。

「ドッジボールなんて、どうだっていいよ」

鉄平《てっぺい》がそういったとき、陽太《ようた》はかくごを決《き》めた。鉄平《てっぺい》はどうやら、ほんものの戦《たたか》い、ケンカをしようとしているのだ。

でも、鉄平《てっぺい》一人ならなんとかなる。そうかんたんにはやられない。陽太《ようた》がそう思ったときだった。

いきなりランドセルが後ろから強く引っぱられた。そのひょうしに、陽太《ようた》は後ろむきにころんでしまった。

ねころんだままのかっこうで上を見ると、健人《けんと》が見おろしていた。

そうだよな。ケンカを売ってくるのに、鉄平《てっぺい》一人ってはずないよな。鉄平《てっぺい》と健人《けんと》ではさみうちして、二対《たい》一でぼくをやっつけようって計画《けいかく》だ。

「おまえ、ドッジボールでオレたちに勝《か》とうとするなんて生意気《なまいき》なんだよ」

鉄平《てっぺい》は、ねころんでいる陽太《ようた》のわき腹《ばら》をくつの裏《うら》でけとばした。

いてっ、と思ったのと同時に、陽太《ようた》は鉄平《てっぺい》の足首をつかんで、引っぱった。

鉄平《てっぺい》はバランスをうしなって、道路《どうろ》にどさっところんだ。そのすきに、陽太《ようた》は立ちあがった。

「いってえな」

鉄平《てっぺい》が怒《おこ》って立ちあがるあいだに、健人《けんと》がむかってきた。

やられるより先に、陽太《ようた》は健人《けんと》のおなかに、頭からぶつかっていった。健人《けんと》の体が後ろのへいにくっついて止まった。健人《けんと》はその場で、陽太《ようた》のわき腹《ばら》をこぶしで何度《なんど》もなぐるけど、陽太《ようた》ははなれない。

つぎの瞬間《しゅんかん》、鉄平《てっぺい》が陽太《ようた》のランドセルを後ろから引っぱった。へいにくっついていた健人《けんと》の体が自由《じゆう》になり、陽太《ようた》はおなかにけりを入れられた。

鉄平《てっぺい》にランドセルを後ろからつかまれているので、陽太《ようた》は自由《じゆう》がきかなくなってしまった。ふたたび、健人《けんと》がけりを入れようとするのが見えた。

二対《たい》一じゃ、勝《か》ち目はない。と陽太《ようた》が思ったときだ。

急《きゅう》に、陽太《ようた》の体が後ろに引っぱられ、道路《どうろ》にころがった。同時に、鉄平《てっぺい》もころんだので、陽太《ようた》は鉄平《てっぺい》の上にのっかってしまった。

なにが起《お》きたのかわからないでいると、

「陽太《ようた》くん、だいじょうぶ？」

といって、手をさしだして起《お》こしてくれたのは、武士《ぶし》ちゃんだった。

ああ、助《たす》かった。陽太《ようた》は、

「サンキュー」

といって、立ちあがった。

「武士《ぶし》、なにするんだよ」

健人《けんと》が頭から武士《ぶし》ちゃんにぶつかっていこうとしたが、両肩《りょうかた》を武士《ぶし》ちゃんの手で止められ、動《うご》けなくなった。

鉄平《てっぺい》を見ると、まだ道路《どうろ》にねころがっている。

「どこか痛《いた》くした？」

武士《ぶし》ちゃんが、鉄平《てっぺい》の手を引っぱって起《お》こそうとした。

けれど、鉄平《てっぺい》はその手をふりほどくと、すわってひじをおさえた。

「おまえがやったのかよ。痛《いた》いだろ」

鉄平《てっぺい》はよほど痛《いた》かったのか、顔をしかめている。

鉄平《てっぺい》にこんなことしたら、あとのしかえしがこわいんじゃないか。と陽太《ようた》は思ったが、武士《ぶし》ちゃんはなんでもないように、

「うん。ぼくだよ。ゴメンね」

と、すなおにあやまった。

「あやまったくらいで、すんだと思うなよ。な、テッちゃん？」

健人《けんと》が怒《おこ》ったようすで、鉄平《てっぺい》の同意《どうい》をもとめた。

しかし、鉄平《てっぺい》はなにもこたえず、ひじをおさえてすわりこんだまま、動《うご》こうとしない。

武士《ぶし》ちゃんは、

「陽太《ようた》くん、帰ろう」

といって、歩きだした。

鉄平《てっぺい》と健人《けんと》が、このままおとなしく帰らせてくれるか？　と思いながらも、陽太《ようた》は武士《ぶし》ちゃんのあとについていった。

けれど、二人とも、それっきり追《お》いかけてこなかった。あっけないまくぎれだった。

帰る道々《みちみち》、陽太《ようた》はいった。

「武士《ぶし》ちゃん、きょうはありがとう。武士《ぶし》ちゃんがいなかったら、こてんぱんにやっつけられてたよ」

「でも、陽太《ようた》くんは、もともとぼくのせいで鉄平《てっぺい》くんたちにやられたんじゃないか」

「そんなことないよ。なんていうかな、むかしっからの因縁《いんねん》の対決《たいけつ》ってやつだな。それに鉄平《てっぺい》も家にこわいアニキがいて、とのさまみたいにいばってるらしいからさ。外にいくと自分がとのさまになりたくなるんだろ」

武士《ぶし》ちゃんはしばらく口をつぐんでいたが、やがて、いった。

「あのね。ぼくさ、ほんとうは武士《たけし》って名前なんだ」

「えっ？」

いきなりなにをいいだしたのかわからなくて、陽太《ようた》は聞きかえした。

「ぼくの名前、ほんとうは武士《ぶし》じゃなくて、武士《たけし》っていうんだ。ぼく、体がデカいのに弱虫だから、前の学校の友だちが強く見えるように武士《ぶし》ってよんでくれてたんだ。それで、こっちにきても、強く見えるほうがいいと思って、武士《ぶし》って名のってみた。でも、どういったって、やっぱり弱虫は弱虫なんだよね」

けれど、それを聞いて、陽太《ようた》はキッパリといった。

「武士《ぶし》ちゃん、ちっとも弱虫なんかじゃないよ」

武士《ぶし》ちゃんは、ちょっとはずかしそうに笑《わら》って、

「そんなふうにいってくれて、ありがとう」

といった。

「だけど、前の学校の友だち、いいヤツだな。ぼくも、これからも今まで通り武士《ぶし》ちゃんてよぶよ」

「うん」

と武士《ぶし》ちゃんはうなずいた。

「それに、陽太《ようた》くんもいい友だちだよ」

陽太《ようた》は武士《ぶし》ちゃんにニヤリと笑《わら》いかけると、両手《りょうて》のこぶしをにぎって、ガッツポーズをした。

「これからもなにかあったら、力を合わせて悪《わる》いとのさまに立ちむかおうな」

「悪《わる》いとのさま？」

武士《ぶし》ちゃんが聞きかえした。

「鉄平《てっぺい》のことだよ。武士《ぶし》ちゃんはきょう、堂々《どうどう》ととのさまと戦《たたか》って、けらいじゃなくなった。これからもいざというときには戦《たたか》って、宝物《たからもの》のカメゴンをまもろうぜ」

それを聞くと、武士《ぶし》ちゃんはフフフ……と笑《わら》った。それから、

「そうだ。ぼく、きょう陽太《ようた》くんにカメゴンのことを知らせようとして追《お》いかけてきたんだ。カメゴン、完全《かんぜん》に目をさまして、枯《か》れ葉《は》の外に出たんだよ。これから見においでよ」

といった。

「ヤッター。ひさしぶりにカメゴンに会えるの楽しみだなあ」

ようやく、カメゴンといっしょに遊《あそ》べる季節《きせつ》がやってきた。つぎの冬がくるまで、時間はたっぷりとある。

陽太《ようた》はそれに気づくと、思わず、

「イエーイ！」

といって、かけだした。

「陽太《ようた》くーん、待《ま》ってよー」

武士《ぶし》ちゃんが、大きな体をゆさゆさゆらしながら、追《お》いかけてきた。

■作家　**三輪裕子**（みわ ひろこ）

1951年東京生まれ。東京学芸大学卒業。日本児童文学者協会会員。大学卒業後2年間、練馬区立大泉学園小学校で教師をした後、子どもの本を書き始める。1982年に『ぼくらの夏は山小屋で』が第23回講談社児童文学新人賞を受賞。1989年に『パパさんの庭』（講談社）で、第27回野間児童文芸賞、2010年に『優しい音』（小峰書店）で、第28回新美南吉児童文学賞を受賞。主な作品に『バアちゃんと、とびっきりの三日間』『あの夏、ぼくらは秘密基地で』『ぼくらは、ふしぎの山探検隊』（いずれもあかね書房）、『岳ちゃんはロボットじゃない』（佼成出版社）、『鳥海山の空の上から』（小峰書店）などがある。東京都在住。

■画家　**石山さやか**（いしやま さやか）

1981年埼玉県生まれ。創形美術学校ビジュアルデザイン科イラストレーション専攻卒。イラストレーション青山塾ドローイング科第14期修了。都内の広告代理店で勤務後、2011年からイラストレーターとしての活動を開始。装画とマンガの仕事に『明日からできる速効マンガ6年生の学級づくり』（日本標準）がある。東京都在住。

装丁　白水あかね
協力　金田 妙

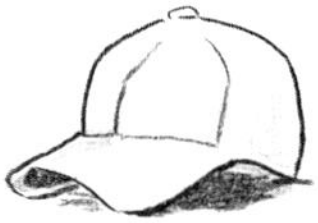

スプラッシュ・ストーリーズ・25

逆転！ドッジボール

2016年6月　初　版
2019年7月　第6刷
作　者　三輪裕子
画　家　石山さやか
発行者　岡本光晴
発行所　株式会社あかね書房
〒101-0065　東京都千代田区西神田 3-2-1
電　話　営業(03)3263-0641　編集(03)3263-0644
印刷所　錦明印刷株式会社
製本所　株式会社難波製本

NDC 913　157ページ　21 cm

ISBN978-4-251-04425-9

http://www.akaneshobo.co.jp

スプラッシュ・ストーリーズ

虫めずる姫《ひめ》の冒険《ぼうけん》
芝田勝茂・作／小松良佳・絵
虫が大好きな姫が、金色の虫を追《お》う冒険《ぼうけん》の旅《たび》へ。痛快平《つうかいへい》安《あん》スペクタクル・ファンタジー！

強くてゴメンね
令丈ヒロ子・作／サトウユカ・絵
クラスの美少女に秘密《ひみつ》があった！　とまどいとかんちがいから始《はじ》まる小５男子のラブの物語《ものがたり》。

プルーと満月《まんげつ》のむこう
たからしげる・作／高山ケンタ・絵
プルーが、裕太《ゆうた》に不思議《ふしぎ》な声で語りかけた…。鳥との出会いで変《か》わってゆく少年の物語《ものがたり》。

バアちゃんと、とびっきりの三日間
三輪裕子・作／山本祐司・絵
夏休みの三日間、バアちゃんをあずかった祥太《しょうた》。認知症《にんちしょう》のバアちゃんのために大奮闘《ふんとう》！

鈴《すず》とリンのひみつレシピ！
堀　直子・作／木村いこ・絵
おとうさんのため、料理《りょうり》コンテストに出る鈴《すず》。犬のリンと、ひみつのレシピを考えます！

想魔《そうま》のいる街《まち》
たからしげる・作／東　逸子・絵
“想魔《そうま》”と名乗《なの》る男に、この世界《せかい》はきみが作ったといわれた有市《ゆういち》。もとの世界《せかい》にもどれるのか？

あの夏、ぼくらは秘密基地《ひみつきち》で
三輪裕子・作／水上みのり・絵
亡《な》くなったおじいちゃんに秘密《ひみつ》の山荘《さんそう》が？　ケンたちが調べに行くと…。元気な夏の物語《ものがたり》。

うさぎの庭《にわ》
広瀬寿子・作／高橋和枝・絵
気持《きも》ちをうまく話せない修《おさむ》は、古い洋館《ようかん》に住むおばあさんに出会う。あたたかい物語《ものがたり》。

シーラカンスとぼくらの冒険《ぼうけん》
歌代　朔・作　町田尚子・絵
マコトは地下鉄でシーラカンスに出会った。アキラと謎《なぞ》を追《お》い、シーラカンスと友だちに…。

ぼくらは、ふしぎの山探検隊《たんけんたい》
三輪裕子・作／水上みのり・絵
雪合戦やイグルー作り、ニョロニョロ見物…。山荘《さんそう》で雪国暮らしを楽しむ子どもたちの物語《ものがたり》。

犬とまほうの人さし指《ゆび》！
堀　直子・作／サクマメイ・絵
ドッグスポーツで世界をめざすユイちゃん。わかなは愛犬《あいけん》ダイチと大応援《だいおうえん》！

ロボット魔法部《まほうぶ》はじめます
中松まるは・作／わたなべさちよ・絵
陽太郎《ようたろう》は、男まさりの美空《みそら》、天然《てんねん》少女のさくらと、ロボットとのダンスに挑戦《ちょうせん》。友情《ゆうじょう》と成長《せいちょう》の物語《ものがたり》。

おいしいケーキはミステリー!?
アレグザンダー・マコール・スミス・作／もりうちすみこ・訳／木村いこ・絵
学校でおかしの盗難事件《とうなんじけん》が発生《はっせい》。少女探偵《たんてい》プレシャスが大活躍《だいかつやく》！　アフリカが舞台《ぶたい》の物語《ものがたり》。

ずっと空を見ていた
泉　啓子・作／丹地陽子・絵
父はいなくても、しあわせに暮《く》らしてきた理央《りお》。そんな日々が揺《ゆ》らぎはじめ…。

ラスト・スパート！
横山充男・作／コマツシンヤ・絵
四万十川《しまんとがわ》の流れる町で元気に生きる少年たちが、それぞれの思いで駅伝《えきでん》に挑《いど》む。熱《あつ》い物語《ものがたり》。

飛《と》べ！　風のブーメラン
山口　理・作／小松良佳・絵
大会を目指《めざ》し、カンペはブーメランに燃《も》えるが、ガメラが入院《にゅういん》して…!?　家族のきずなと友情《ゆうじょう》の物語《ものがたり》。

いろはのあした
魚住直子・作／北見葉胡・絵
いろはは、弟のにほとけんかしたり、学校で見栄《みえ》をはったり…。毎日を繊細《せんさい》に楽しく描《えが》きます。

ひらめきちゃん
中松まるは・作／本田　亮・絵
転校生《てんこうせい》のあかりは、ひらめきで学校に新しい風をふきこむ。そして親友の葉月《はづき》にも変化《へんか》が…。

一年後のおくりもの
サラ・リーン・作／宮坂宏美・訳／片山若子・絵
キャリーの前にあらわれるお母さんの幽霊《ゆうれい》。伝《つた》えたいことがあるようだけど……。

リリコは眠《ねむ》れない
高楼方子・作／松岡　潤・絵
眠《ねむ》れない夜、親友の姿《すがた》を追《お》ってリリコは絵の中へ。不思《ふし》議《ぎ》な汽車《きしゃ》の旅《たび》の果《は》てには…!?　幻惑《げんわく》と感動《かんどう》の物語《ものがたり》。

あま～いおかしに ご妖怪《ようかい》？
廣田衣世・作／佐藤真紀子・絵
ある夜、ぼくと妹の前にあらわれたのは、おっかなくて、ちょっとおせっかいな妖怪《ようかい》だった！

魔法《まほう》のレシピでスイーツ・フェアリー
堀　直子・作／木村いこ・絵
みわは、調理同好会《ちょうりどうこうかい》の危機《きき》に、お菓子《かし》で「妖精《ようせい》の国」を作ると言ってしまい…!?　おいしくて楽しいお話！

アカシア書店営業《えいぎょう》中！
濱野京子・作／森川　泉・絵
大地《だいち》は、児童書コーナーが減《へ》らされないよう、智也《ともや》、真衣《い》、琴音《ことね》といっしょに奮闘《ふんとう》！　アカシア書店のゆくえは？

逆転《ぎゃくてん》！ドッジボール
三輪裕子・作／石山さやか・絵
陽太《ようた》と親友《しんゆう》の武士《ぶし》ちゃんは、クラスを支配《しはい》するやつらとドッジボールで対決《たいけつ》する。小４男子の逆転《ぎゃくてん》のストーリー。

流れ星キャンプ
嘉成晴香・作／宮尾和孝・絵
圭太《けいた》は秘密《ひみつ》のキャンプがきっかけでおじいさんと少女に出会う。偶然《ぐうぜん》つながった三人が新たな道を歩きだす物語《ものがたり》。

はじけろ！パットライス
くすのきしげのり・作／大庭賢哉・絵
入院《にゅういん》したおばあちゃんの食べたいものをさがすハルカ。弟や友だちのコウタといっしょに手がかりをたどる…。さわやかな物語《ものがたり》。

ふたりのカミサウルス
平田昌広・作／黒須高嶺・絵
“恐竜《きょうりゅう》”をきっかけに急接近《きゅうせっきん》したふたり。性格《せいかく》は正反対《せいはんたい》だけど、恐竜《きょうりゅう》のように友情《ゆうじょう》も進化《しんか》するんだ！

宿題ロボット、ひろったんですけど
トーマス・クリストス・作／もりうちすみこ・訳／柴田純与・絵
ある日ぼくが見つけたのは、研究所からにげてきた小さなロボット！　頭が良くて、宿題も何もかもおまかせ!?